千家诗

[宋] 谢枋得·编
丁军杰·编译

插图精译

陕西新华出版 三秦出版社

图书在版编目（C I P）数据

千家诗 /（宋）谢枋得编 ； 丁军杰编译． -- 西安 ：
三秦出版社，2008.01（2024.1 重印）
（国学百部经典丛书）
ISBN 978-7-80546-298-1

Ⅰ．①千… Ⅱ．①谢… ②丁… Ⅲ．①古典诗歌－作
品集－中国②千家诗－译文 Ⅳ．① I222.72

中国版本图书馆 CIP 数据核字（2007）第 188796 号

书　　名　千家诗
作　　者　[宋] 谢枋得 编　丁军杰 编译
责　　编　高　峰
封面设计　新华智品

出版发行　三秦出版社
社　　址　西安市雁塔区曲江新区登高路 1388 号
电　　话　（029）81205236
邮政编码　710061
印　　刷　北京一鑫印务有限责任公司
开　　本　680×1020　1/16
印　　张　9
字　　数　80 千字
版　　次　2008 年 4 月第 2 版
印　　次　2024 年 1 月第 2 次印刷
标准书号　ISBN 978-7-80546-298-1

定　　价　39.80 元
网　　址　http://www.sqcbs.cn

前　言

《千家诗》与《三字经》、《百家姓》、《千字文》并称为“三、百、千、千”，同是蒙学中流传最广的读本。清人蘅塘退士孙洙在《唐诗三百首》的原序中说：“世俗儿童就学，即授《千家诗》，取其易于成诵，故流传不废。”

据史传，《千家诗》最早的传本是宋代刘克庄编选的《分门纂类唐宋时贤千家诗选》。由于该选本门类太多，卷帙浩繁，不易普及。南宋末年谢枋得对原有《千家诗》进行了整理增删，清人王相又统一作了注解，修订后取名《增补重订千家诗》。

《千家诗》所选诗歌题材十分广泛，有游览之作、山水田园之作、侍宴应制之作、登临送别之作、友朋赠答之作、思家怀乡之作，等等。它对于少年儿童学习、背诵唐宋诗歌，了解唐宋诗歌的艺术创造，提高传统文化的修养有很大帮助。

明清以来，《千家诗》开始风行全国，在民间广泛流传，这与它自身便利于初学的特点是分不开的。《千家诗》从所选篇目看，全书二百余首诗，都是五、七言绝句和律诗，且绝大多数是唐宋两代著名诗人的名作，读来脍炙人口，传诵不衰；一编在手，初学的幼童便可以初步领略到中

国古典诗歌的宏富多彩，激发其读诗的兴趣；而对广大的诗歌爱好者来说，则也可鼎尝一脔，其味无穷。从作者看，上自帝王将相，下到和尚、牧童、无名氏，无论名气大小、门第高低，全凭编者选材的标准来取舍。从内容看，大都浅显易懂，流畅自然，朗朗上口，易读易记，一经成诵，往往终生难忘。

编　者

2008 年 1 月

目　录

春日偶成[1]

程 颢

云淡风轻近午天，傍花随柳过前川[2]。
时人不识余心乐，将谓偷闲学少年[3]。

【注释】

〔1〕偶成：偶然写成，意为即兴而作。

〔2〕午天：中午，正午。

〔3〕时人：当时的人。余：我。将谓：以为。

【译文】

时近中午，清风徐徐，白云朵朵，沿着花丛和柳林间的小路我信步到河边。人们不懂多悠游的快乐，以为我忙里偷闲学那些无所事事的少年。

【赏析】

这首诗的最大特点是情景交融。朗朗春日、时近晌午，清风、白云、红花、绿柳，春意盎然，意趣油生。作者自得其乐，悠然信步于花丛柳林之间，闲适、恬静之情溢于言表。诗句朴实，清新自然。

春 日

朱 熹

胜日寻芳[1]泗水滨[2]，无边光景一时新。
等闲[3]识得东风面[4]，万紫千红总是春。

【注释】

〔1〕寻芳：春游踏青。

〔2〕泗水：地名，在山东。

〔3〕等闲：随便。

〔4〕东风：春风。

【译文】

春光明媚到泗水边去踏青，看不尽的风光景物焕然一新。随处可见春天的神韵，到处都是姹紫嫣红、芳香四溢的百花。

【赏析】

“寻芳”二字开篇即点明此为写春游踏青之作。第二句紧承上文描写春景，围绕一个“新”字勾勒出一幅春回大地、万物勃发的图画。春天万物复苏，更新的面貌跃然纸上，让人为之一振。三句、四句表层写在春风吹拂下，百花争艳，姹紫嫣红，美不胜收；实则比喻做学问只要能掌握要领，解决问题就会得心应手，游刃有余。这两句既表现了春的绚丽多姿，又蕴含哲理，耐人寻味，是千百年来脍炙人口的警句。

春　宵

苏　轼

春宵一刻值千金[1]，花有清香月有阴。
歌管楼台声细细[2]，秋千院落夜沉沉[3]。

【注释】

〔1〕春宵：春夜。

〔2〕歌管：歌声，管乐器声。

〔3〕夜沉沉：夜已很深。

【译文】

春夜的大好时光多可贵，花儿散清香，明月映倒影，楼台上传来清柔的管乐之声，院中的秋千停荡，夜幕沉沉。

【赏析】

诗中首句为世人所传吟。春宵美景一刻之欢能值千金之价，极言春夜的可贵。百花飘香、月色宜人，暗示人珍惜时光，大干一番。“细细”，状歌管声之清柔；“沉沉”，比喻夜漏声之迟缓，衬托时光在欢乐中游移的意境。后两句由反而正，讥讽那些虚度光阴、沉迷声色的人。含蓄、委婉，构思精巧。

城东早春

杨巨源

诗家清景在新春〔1〕，绿柳才黄半〔2〕未匀〔3〕。
若待上林花似锦〔4〕，出门俱是看花人〔5〕。

【注释】

〔1〕清景：美景。
〔2〕半：大半。
〔3〕匀：匀称。
〔4〕上林：上林苑，古代帝王宫苑名，此处泛指游览之地。
〔5〕俱是：便是。

【译文】

早春清新怡人的景色正是诗家所爱，柳树抽透嫩黄，黄绿不均。假如京都处处繁花似锦，走出家门眼前都是看花的人。

【赏析】

诗人早春出游长安东城，见景色有感而作。这首诗是借物言志的讽喻诗。初春的嫩芽细柳，朝气蓬勃，生机无限，蕴含强大的生命力，喻指尚未崭露头角的人才。希望朝廷能像伯乐一样，善于发现人才，悉心培养人才。切莫做毫无用处的看花人，等人才已功成名就再放马后炮。

春　夜

王安石

金炉〔1〕香烬漏声残〔2〕，剪剪轻风阵阵寒〔3〕。
春色恼人眠不得〔4〕，月移花影上栏杆。

【注释】

〔1〕金炉：铜制的香炉。

〔2〕香烬：香已燃尽时的灰烬。

〔3〕剪剪：微微寒冷的小风。

〔4〕恼：惹，撩拨。

【译文】

值夜时看着香炉中已燃尽的香灰静听滴漏之声，一缕缕吹来的微风使人感到阵阵凉意。迷人的夜，醉人的春色撩拨得人不能入睡，只见月儿西移，映得栏杆上斑斑花影。

【赏析】

这首诗又名《夜直》，是诗人春夜当班时有感而发之作，描述了诗人在政治改革失败后的“恼人”心情。诗的前两句借景状物，以“金炉”、“香烬”、“更漏”、“轻风”衬托“不眠”，从多个侧面表现作者寂寞无奈的心境。诗意由外到内，以景寓情，情景交融。明代胡应麟《诗薮》评价“金炉香烬漏声残”句时说“宋绝句共称者”。

初春小雨

韩愈

天街〔1〕小雨润如酥〔2〕，草色遥看近却无〔3〕。
最是一年春好处，绝胜〔4〕烟柳满皇都〔5〕。

【注释】

〔1〕天街：京城宽阔的街道。

〔2〕酥：比喻小雨的润泽。

〔3〕草色：绿草的颜色。

〔4〕绝胜：远远超过。

〔5〕烟柳：郁郁葱葱的垂柳。

【译文】

小雨绵绵，浸润着京城宽阔的街道，好像给街道抹了层薄薄的酥油，远看草色如绿茵，近看却又好似没有。这正是一年春光中最美好的时刻，绝对胜过京城翠柳如烟的时候。

【赏析】

诗人以饱满的激情盛赞小雨，于小中见大，于景中寓理寓情。开头把“小雨”比喻为酥酒之初熟，味甘滑、润泽，连小草也沾上雨露，“草色遥看近却无”，抓住了早春的景物特点，草色若隐若现，似有却无。最后归结为“一年春好处”，连帝王宫苑的景色也比不过了。笔法细腻而诗意绵绵，小中见大而清新感人。

元　日

王安石

爆竹声中一岁除，春风送暖入屠苏[1]。
千门万户曈曈[2]日，总把新桃换旧符[3]。

【注释】

〔1〕屠苏：酒名，用屠苏、肉桂、山椒、白术等草药浸酿而成，古时有农历正月初一饮屠苏酒避瘟疫的风俗。

〔2〕曈曈：日初出渐明貌。

〔3〕桃符：旧俗过年时，家家都把两块桃木板悬挂于门旁，上书“神荼”“郁垒”二位门神的名字，以为驱鬼避邪。

【译文】

在爆竹声中，人们除旧迎新。春风乍暖，人们畅饮屠苏酒互相祝福。初升的红日，照亮了千家万户，大家都忙着用新联，换下旧桃符。

【赏析】

这首诗借写旧时民间欢庆新年的习俗，抒发自己立志改革的坚强信念和豪迈情怀。前二句描写人们在热烈的爆竹声中辞旧迎新，人们喝着吉祥美酒庆贺新年的万象更新。诗中用“爆竹”、“春风”、“屠苏”，着意刻画春节期间的喜庆气氛，并用“新桃”、“旧符”的变更，

渲染一种辞旧迎新的氛围，揭示了新生事物必将战胜旧事物的自然规律。全首诗喜气洋洋，富有浓厚的生活气息。

宫　词

林　洪

金殿当头紫阁重[1]，仙人[2]掌上玉芙蓉[3]。
太平天子朝元日[4]，五色云车驾六龙。

【注释】

〔1〕紫阁：皇宫中的楼阁。

〔2〕仙人：朝元阁上的仙人铜像。

〔3〕玉芙蓉：玉制的盘子，用作接天露，供皇帝饮用。

〔4〕朝元日：正月初一，朝拜皇帝的日子。

【译文】

朝元阁巍峨挺拔地矗立在眼前，辉煌的殿堂层峦叠嶂，高大的铜柱子，仙人手捧芙蓉玉盘接露，准备皇帝的早饮。今天是太平天子祭拜朝元阁的日子，六匹像龙一样威武的骏马驾着五彩云车，迤逦而来。

【赏析】

诗人林洪，字梦屏，宋代福建莆田人。《宫词》描写了唐代皇帝在朝元阁朝拜太上老君的盛典，描写了朝元阁内的豪华装饰，反映了作者对太平吉日的向往。

咏华清宫

杜　常

行尽江南数十程[1]，晓风残月入华清[2]。
朝元阁上西风急，都入长杨作雨声[3]。

【注释】

〔1〕数十程：几十个路程，指路途遥远。

〔2〕华清：华清宫，位于今陕西省西安市临潼区骊山。

〔3〕长杨：宫名。始建于秦代，汉代修葺时种植了白杨树故而得名。

【译文】

游遍了江南千里的大好风光，伴着晨风残月，来到华清宫。朝元阁上猛烈的西风扑面而过，刮到长杨宫便化成沥沥的雨声。

【赏析】

诗人通过对华清宫、长杨宫的凭吊，抚今追昔，抒发了古今兴亡的感慨。诗人奉使过江南，游览了江南水乡的秀丽风光，又一路风尘来到了华清宫。走进了宫内的朝元阁，本想欣赏心仪已久的华清宫和长杨宫的风采，不想残月当头，西风扑面，已没了昔日的辉煌。面对历史陈迹，诗人感慨万千。

清平调

李白

云想衣裳花想容，春风拂槛露华浓[1]。

若非群玉山头见[2]，会向瑶台月下逢[3]。

【注释】

〔1〕露华：露水晶莹剔透的光华。

〔2〕群玉山：神话传说中西王母所住的仙山。

〔3〕瑶台：又名瑶池。神话传说中神仙的居处。

【译文】

彩云羡慕她的衣裳，牡丹花忌妒她的容貌，春风吹拂使槛中花上的露珠闪耀。假如不是在群玉山头遇见的仙女，那她一定是在瑶池王母的宫中才能见到绝色美人。

【赏析】

清平调是古乐曲调名，这首诗是据清平调的曲谱而填写的唱词，原词共三首，这是第一首。天宝年间，作者为供奉翰林时，唐玄宗与杨贵妃在沉香亭观赏牡丹，玄宗说："赏名花，对妃子，焉用旧乐辞为？"就令李白另写新词，李白带醉挥笔，一气呵成。李白采用比喻的修辞手法，用天上的彩云形容贵妃的衣赏，用眼前的鲜花描写贵妃的容貌，给人飘飘欲仙、呼之欲出的感觉，群玉山头、瑶台仙境，衬出杨贵妃的高贵。接着，诗人又借咏牡丹，虚写贵妃蒙恩受宠，正如春风中的露华，含娇欲滴。在所有宫廷诗词中，这首诗可谓鹤立鸡群。

绝　句

杜　甫

两个[1]黄鹂鸣翠柳[2]，一行白鹭上青天。
窗含西岭[3]千秋雪[4]，门泊东吴万里船[5]。

【注释】

〔1〕两个：成双成对。
〔2〕黄鹂：黄莺鸟，喜欢在高树的顶端做巢。
〔3〕西岭：指四川岷山。
〔4〕千秋雪：终年的积雪。
〔5〕东吴：泛指江苏、浙江一带。

【译文】

近处两只黄莺在翠绿的柳枝上鸣叫，远处一行白鹭遥上蓝天。临窗远望是西岭上千年的积雪，门前停泊的是来自东吴的万里远的航船。

【赏析】

这首诗是安史之乱后，诗人重返成都浣花溪畔的草堂居时即景而发的一首景物诗。全诗以四组特写镜头，分别描写了“黄鹂”、“白鹭”、“西岭雪”、“万里船”，生动地描绘了草堂周围的景色，有近景，有远景，有动态，有静态，以绿衬黄，以蓝衬白，巧妙地构成了一幅色彩绚丽的春日画面。其中“两个黄鹂鸣翠柳，一行白鹭上青天”两句，极尽写物咏景之工，为世人所传颂。

海　　棠

苏　轼

东风袅袅〔1〕泛〔2〕崇光〔3〕，香雾〔4〕空濛月转廊〔5〕。
只恐夜深花睡去，故烧高烛照红妆〔6〕。

【注释】

〔1〕袅袅：微风吹拂的样子。

〔2〕泛：浮动的样子。

〔3〕崇光：高贵华美的月光。

〔4〕香雾：雾气。

〔5〕空濛：迷蒙的雾景。

〔6〕红妆：这里指是用女子的盛装来比喻海棠花。

【译文】

微微的东风里流溢着淡淡的清光，花香弥漫月光转过回廊。我担心夜深花凋谢，因此高举明烛照亮她的红妆。

【赏析】

《王直方诗话》载：“东坡谪黄州，居岂惠院之东，杂花满山，而独有海棠一株，士人不知贵也。”苏轼被贬至此，目睹这株海棠被人冷落的命运，顿生同病相怜之感，故作此诗。这首诗用奇特的想象、巧妙的遣词，寄寓了一种特有的感情，“崇光”、“香雾”、“烛照”、“红妆”等词，真是“不着一字，尽得风流”。

清　明

杜　牧

清明时节雨纷纷，路上行人欲断魂[1]。
借问酒家何处有[2]，牧童遥指杏花村[3]。

【注释】

〔1〕断魂：形容客居他乡时的感伤愁苦、神形交瘁的样子。

〔2〕借问：请问。酒家：酒店。

〔3〕杏花村：位于安徽贵池县城西，因杏花而得名。相传该村以产酒而远近闻名。

【译文】

清明时节，濛濛细雨纷纷扬扬，路上行人个个都魂断凄凉。请问什么地方有酒店？牧童指向远处杏花丛中的村庄。

【赏析】

一位现代剧作家曾经这样诠释这首诗：剧名—清明雨游（根据唐代杜牧的七绝《清明》诗改编）。时间—清明时节；背景—雨纷纷，行人稀少；地点—杏花村前；人物—游人、牧童；对话：游人—请问哪儿有卖酒的？牧童（手指前方）—前面杏花村便有。看，一首诗改编成一情趣横生的独幕剧！

清　明

魏　野

无花无酒过清明，兴味萧然似野僧[1]。
昨日邻家乞[2]新火[3]，晓窗分与读书灯[4]。

【注释】

〔1〕萧然：凄凉寂寞、无精打采的样子。野僧：游方的苦行僧。

〔2〕乞：讨借，索要。

〔3〕新火：古时清明节前一天为“寒食节”，禁烟、禁食，所以第二天又要引火种。

〔4〕晓窗：拂晓的窗前。

【译文】

清明节没有酒喝也无花供赏，兴味全无似荒野的和尚。幸而昨天在邻家讨来新的火种，拂晓时窗中还亮着我读书的灯光。

【赏析】

这首诗描写了封建时代贫苦的知识分子过清明节的冷寞情景，真实地反映了当时社会生活的一角，抒发了清寒之士的苦衷。诗中先写清苦，而后暗喻苦中有乐，因为好在每日总有迎接“拂晓”的时候。

社　日

王　驾

鹅湖山下稻粱肥〔1〕，豚栅〔2〕鸡栖〔3〕半掩扉〔4〕。
桑柘〔5〕影斜春社散〔6〕，家家扶得醉人归。

【注释】

〔1〕鹅湖山：地名，在今江西省铅山县。因晋代龚氏在山上小湖中养鹅而得名。

〔2〕豚栅：猪圈。

〔3〕鸡栖：鸡窝。

〔4〕扉：门。

〔5〕桑柘：统称桑树，柘：黄桑。

〔6〕影斜：树影偏斜。

【译文】

鹅湖山下田地肥沃庄稼茁壮，猪栏对着鸡窝门儿虚掩。桑树柘树影子西斜春社刚散，家家都扶回一两个醉汉。

【赏析】

古时农村中，每年春秋两次祭祀土地神，习俗称为“社日”。根据习俗，二十五家为一社，聚土为坛，并植树于坛上，象征对神祇的祈祷，春天祈求丰收，秋天报答上天赐予的恩典，故称为“春祈秋报”。诗中描写的江南水乡“秋社”喜庆丰年的欢乐景象。清代沈德潜评价此诗“传出太平风景”。

寒　　食

韩　　翃

春城无处不飞花〔1〕，寒食〔2〕东风御柳斜〔3〕。
日暮汉宫传蜡烛〔4〕，轻烟散入五侯家〔5〕。

【注释】

〔1〕春城：此处指春天的长安城。

〔2〕寒食：清明前一天禁止饮食，称为“寒食”节。

〔3〕御柳：皇宫中的柳树。

〔4〕汉宫：指唐代的皇宫。

〔5〕五侯：古代一门中被封了五个爵位，这里泛指显贵。

【译文】

春天的京城里处处飞絮扬花，寒食节东风吹拂着宫柳飘飘。黄昏时汉宫赐赏烛火，飘散着袅袅轻烟的是皇亲国戚的家。

【赏析】

寒食是节令名，在清明前两日，古俗此节禁烟火三日，吃冷食。据说是以此来悼念春秋晋国忠臣介之推。介之推曾割下自己身上的肉救了晋文公，文公掌权后，他不夸功，隐居绵谷，文公屡召不应，便命人烧山，逼他出来，他还是不出山，结果被烧死。可是汉代，最高统治者却不遵古俗，只要得到他们的特准，就可从宫中传烛点灯。这首诗十分含蓄地揭露了封建帝王和贵族享有的特权，暗示了朝政的衰落和腐败。

江　南　春

杜　牧

千里[1]莺啼绿映红[2]，水村山郭[3]酒旗风[4]。
南朝四百八十寺[5]，多少楼台烟雨中[6]。

【注释】

〔1〕千里：指江南大地。

〔2〕绿映红：绿树青山映衬着烂漫山花。

〔3〕山郭：依山的城郭。

〔4〕酒旗：酒店门口的酒幌子。

〔5〕南朝：指宋、齐、梁、陈四个封建王朝。

〔6〕烟雨：烟雾濛濛的细雨。

【译文】

千里江山莺儿啼唱，绿荫丛中万紫千红，水乡山城处处酒旗飘动。南朝时的四百八十座寺院，多少楼台亭阁，笼罩在烟雨濛濛之中。

【赏析】

江南美丽的春色依旧，而人世却几经变迁。南朝宋、齐、梁、陈的统治者们，迷信佛教，大造庙宇，享乐腐化，终至覆灭；但那参差错落的佛寺，遍布江南，至今犹存。作者咏江南春景，思南朝旧事，叹唐代统治者步其后尘，求佛拜神，不知前鉴。这首诗讽喻之意，中肯而深刻。

绝　　句

僧志南

古木阴中系短篷[1]，杖藜扶我过桥东[2]。
沾衣欲湿杏花雨[3]，吹面不寒杨柳风[4]。

【注释】

〔1〕短篷：搭有篷布的小船。

〔2〕杖藜：藜草制成的拐杖。
〔3〕杏花雨：杏花时节的濛濛细雨。
〔4〕杨柳风：即春风。

【译文】

在遮阴的古树下系好小船，拄着藤杖过桥去东边。杏花时节的细雨将会沾湿衣服，柔和的春风拂面而来，没有丝毫凉意。

【赏析】

此诗出自一位出家人之手，自然流畅，清新宁谧，意蕴丰富。诗中以郊外春游为背景，先写上岸踏青，状物咏景，景中有人，后写“杏花雨”、“杨柳风”，即景寓情。诗人虽已年高，但雨湿衣襟他觉凉，春风迎面他不觉寒，相反，他游春的兴致很高，细雨微风让他备感舒适。字里行间流露出诗人对春意和生命的热爱。

游园不值

叶绍翁

应怜屐齿印苍苔[1]，小扣柴扉久不开[2]。
春色满园关不住，一枝红杏出墙来。

【注释】

〔1〕怜：可惜。屐齿：古时一种木制的鞋，鞋底刻有防滑的木齿。
〔2〕小叩：轻轻地敲。

【译文】

大概是主人爱惜园内的青苔，怕我的木齿鞋把它踩坏？我轻敲柴门却久久不见人来开。满园洋溢的春光是关不住的，一枝红杏已经从墙上伸出来。

【赏析】

诗题“游小园不值”，意思是诗人去朋友的花园游玩，可园主人不在(不值)，园门紧闭，只能欣赏到从墙头伸出园外的一枝红杏，并由此而得此诗。前两句写诗人高兴而来但叩门不开颇为扫兴；后两句得来十分珍贵，一个“关”字，一个“出”字，却使情绪急转直上，失望中忽见浓浓春景，不觉一喜。同时，也向人们昭示：一切美好的事物，都有顽强的生命力，勃勃生机是很难禁锢、扼杀的。诗文妙趣横生，活泼感人。

客 中 行

李 白

兰陵〔1〕美酒郁金香〔2〕，玉碗盛来琥珀光〔3〕。
但使主人能醉客〔4〕，不知何处是他乡〔5〕。

【注释】

〔1〕兰陵：今山东枣庄，

〔2〕郁金香：一种珍贵的香花。

〔3〕琥珀光：色呈金黄，有琥珀一样的光亮。

〔4〕但使：但有，只要有。

〔5〕他乡：异地。

【译文】

兰陵的美酒散发着郁金香的芬芳，碧玉杯映射着琥珀的光芒。只要主人能让我大醉，何必管他这里是不是家乡。

【赏析】

李白是我国诗歌史上浪漫主义的典型代表。他的诗想象丰富、构思奇特，这首诗一反常见羁旅诗的乡思客愁，通过对兰陵美酒的赞颂，一展大丈夫四海为家的乐观、旷达。诗的前两句，从酒的香味、颜色、光泽等不同角度描写兰陵美酒的珍贵。后两句极赞主人的热情好客，诗人开怀畅饮，毫无作客他乡的愁苦，其乐观、豁达可见一斑。

题 屏

刘季孙

呢喃燕子语梁间〔1〕，底事来惊梦里闲〔2〕。
说与旁人浑不解〔3〕，杖藜携酒看芝山〔4〕。

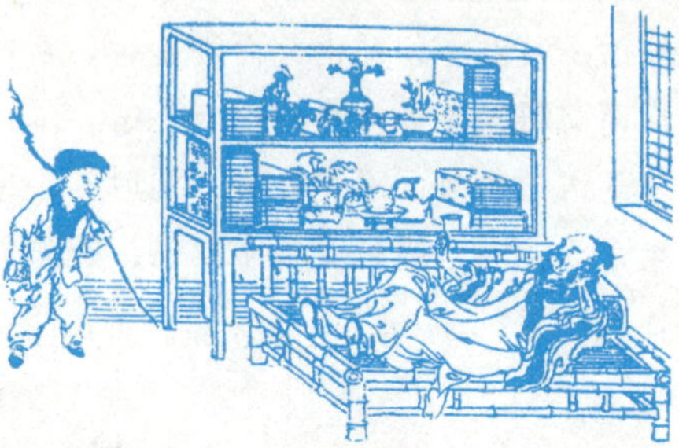

【注释】

〔1〕呢喃：燕子的低语声。

〔2〕底事：到底是什么事？

〔3〕浑：浑然，全然，完全。

〔4〕芝山：山名，在今江西波阳县北。

【译文】

在屋梁上呢喃低语的燕子，为什么要惊扰我的美梦？说给别人完全不理解，拄拐杖带美酒去看芝山的风景。

【赏析】

本诗作者刘季孙是北宋诗人，字景文，河南开封人，博学擅诗，与王安石、苏轼等都有诗文之谊。这首诗通过对诗人梦醒后观赏芝山胜景的描写，抒发了诗人寄情山水的闲适心境。据说，王安石路经江西读到这首诗时，大为赞赏，特意派官员召来刘季孙，论诗谈文，不问政务之事，“嘉叹良久”。可见此诗的优美意境，含蓄深邃。

漫　兴

杜　甫

肠断春江欲尽头〔1〕，杖藜徐步立芳洲〔2〕。
颠狂柳絮随风舞〔3〕，轻薄桃花逐水流〔4〕。

【注释】

〔1〕肠断：即愁肠寸断之意。

〔2〕徐步：慢步。芳洲：长满花草的河中沙洲。

〔3〕颠狂：轻狂，这里形容柳絮随风飞舞。

〔4〕轻薄：形容桃花花瓣轻轻飘扬的样子。

【译文】

春天随着江水到了尽头，使人肠断忧伤，拄着藤杖漫步在长满芳草的沙洲上。发疯似的柳絮随风乱舞，轻薄的桃花随水飘流不知去向。

【赏析】

诗的前两句说：望着春江流逝的尽头，不由令人想起伤心之事来。诗人在此处运用“肠断”一词，遣词深刻。据传王导率军伐蜀，军士捕捉到一幼猿，母猿追随着载幼猿的船只沿江岸而啼，王导不忍，欲还幼猿，然而军士不肯，结果母猿声嘶力竭而死，取而剖之，其肠寸断。故诗人用“肠断”一词开篇，直抒胸臆，强烈地表达了诗人忧国忧民的情感，以及不愿随波逐流的气节。

玄都观桃花

刘禹锡

紫陌[1]红尘拂面来[2]，无人不道看花回[3]。
玄都观里桃千树[4]，尽是刘郎去后栽[5]。

【注释】

〔1〕紫陌：京城的街巷。
〔2〕红尘：闹市喧嚣的飞尘。
〔3〕不道：不说。这里有“不是”的意思。
〔4〕玄都观：唐代长安近郊的道观。
〔5〕刘郎：诗人自称。

【译文】

京城的道上尘土扑面而来，人人都在说赏花刚回桃花逗人爱。玄都观里桃花千红万树，全是刘郎离京后所栽。

【赏析】

这首诗原题名为《自朗州至京戏赠看花诸君子》，是诗人于元和十年(815年)从朗州应朝廷之召回到京都游览玄都观时所作。前两句说，长安大街上车水马龙，人头攒动，没有一个不是看花归来的人。后二句从众人写到自己，说这么多盛开的桃树，都是我十年前离开京城后才栽的。诗人十年前参加王叔文的革新运动，因反对宦官和藩

镇割据而被贬出京城，这次回到京城，又因游玩赋诗而得罪了当朝的宰相，再次被贬外放。

再游玄都观

刘禹锡

百亩庭[1]中半是苔[2]，桃花净尽菜花开[3]。
种桃道士归何处[4]，前度刘郎今又来[5]。

【注释】

〔1〕庭：道观的庭院。

〔2〕苔：苔藓。

〔3〕净尽：全没有了。

〔4〕种桃道士：暗喻当年打击王叔文变革的权贵(宰相)。

〔5〕前度：前一次。

【译文】

百亩大的庭院有一半长满了青苔，桃花尽谢菜花却在尽情争芳斗艳。种桃的道士到哪里去了，前次赏花的刘郎今又重来。

【赏析】

“再游”、“今又来”却是“前度”的十四年之后了。前次，桃花开得正闹，观花的人流喧嚣，而今却是人去花尽，连种树的人都不知去哪儿了。诗人目睹此景，不禁吟诗抒发心中的万千感慨。白居易在《刘白唱和集》中称赞刘禹锡的诗说：“刘梦得，诗豪者也。其锋森然，少敢当者。”

滁州西涧

韦应物

独怜[1]幽草涧边生[2]，上有黄鹂深树鸣[3]。
春潮带雨晚来急，野渡[4]无人舟自横[5]。

【注释】

〔1〕怜：爱惜。

〔2〕幽草：幽静处的青草。

〔3〕深树：树林深处。

〔4〕野渡：偏僻的渡口。

〔5〕横：随水漂浮。

【译文】

涧边青幽的野草逗人怜爱，密林深处高悬枝头的黄莺鸣唱欢快。春潮在晚间和着骤雨来势迅猛，荒凉的渡口小船横卧江边孤零零地漂荡着。

【赏析】

西涧是安徽滁洲城西的一处风光。这是诗人任滁州刺史期间写的一首风景小诗。前两句描写近景：绿油油的小草惹人喜爱，却生在幽僻寂静的山涧旁边，密林深处，黄莺正在鸣叫。后两句写远景：春天的潮汛常常伴着急雨水，那荒凉的渡口只有一只小船孤零零地漂荡着。诗中托景抒情，清代王士禛评论此诗时说："以为君子在下、小人在上之象。"

花　　影

苏　轼

重重叠叠上瑶台〔1〕，几度呼童扫不开〔2〕。
刚被太阳收拾去，却教明月送将来。

【注释】

〔1〕瑶台：传说西王母娘娘居住的仙宫，称为瑶台，这里指华丽清幽的亭台。

〔2〕几度：几次。

【译文】

层层的团团花影在楼台上，几次叫童子扫都扫不开。刚被夕阳西下带走，却又叫明月送回来。

【赏析】

这是一首以花影为题的写景小诗，

但有人认为是一首讽刺诗。诗中运用比喻和象征的修辞手法，讽刺那些倚仗靠山的当权小人层出不穷，像花影子一样，扫也扫不去。“瑶台”比喻高官显贵；“童”儿比喻纯朴忠诚的大臣，他们虽然数次抗争，却只能妄然兴叹。“刚被”、“却教”，似乎成了难以改变的历史规律。诗中既表达了诗人政治抱负难以伸张的愤慨，又流露出诗人对小人当权得势的无可奈何。

湖　　上

徐元杰

花开红树[1]乱莺啼[2]，草长平湖白鹭飞。
风日晴和人意好[3]，夕阳箫鼓几船归[4]。

【注释】

〔1〕红树：红花满树。

〔2〕乱莺啼：嘈杂的莺啼声。

〔3〕人意：指游人兴致和情绪。

〔4〕箫鼓：古时多用于水上宴游助兴的管弦之乐。

【译文】

在绿树红花丛中黄莺交相吟唱，在长满绿茵，湖水如镜的上空白鹭翱翔。风和日丽、人心欢畅，夕阳中有多少船儿归去箫鼓响。

【赏析】

这是一首偕友人畅游西湖时的即兴之作。诗人一口气用了“花开”、“草长”、“鹭飞”、“莺啼”四个主谓词组，从植物写到动物，由静态写到动态；接着以“风日”、“人意”、“夕阳”、“箫鼓”四个名词组成另一幅生机勃勃、优美宁静的西湖图。全诗有声有色，动静相映，写出了西湖游人游玩时的欢乐气氛。

漫　　兴

杜　甫

糁径杨花铺白毡[1]，点溪荷叶叠青钱[2]。
笋根雉子无人见[3]，沙上凫雏傍母眠[4]。

【注释】

〔1〕糁：饭粒，这里指地上细碎的杨花瓣。

〔2〕青钱：古时一种青铜钱，这里喻荷叶。

〔3〕雉子：比喻笋子上的小嫩芽。

〔4〕凫雏：幼小的野鸭。

【译文】

飞舞的杨花把小路铺成白毡，溪中的荷叶像重叠的青钱。冒出的嫩笋尖没人看见，沙滩上初生的水鸭偎着母鸭在安眠。

【赏析】

这首诗是诗人于唐肃宗上元二年(761年)在成都草堂所作《绝句漫兴九首》中的第七首。诗人在江南水乡的暮春景观中，巧手剪裁下四个特写的场景，一句一景，一景一图。一写“杨花”，飘落在小径上的花瓣像散落的饭粒；二写“荷叶”，像重重叠叠的青铜钱，点缀着溪水；三写“笋芽”，芽嫩初萌，还未被人发觉；四写“小野鸭”，正依偎在母鸭身边进入了甜甜的梦乡。全诗散发着浓浓的江南水乡气息。

春　晴

王　驾

雨前初见花间蕊[1]，雨后全无[2]叶底花[3]。
蜂蝶纷纷过墙去，却疑春色在邻家。

【注释】

〔1〕花间蕊：花心。

〔2〕全无：完全没有。

〔3〕叶底花：绿叶映衬下的红花。

【译文】

雨前刚看见花蕾在吐蕊，雨后就只有叶片在枝头微微。蝴蝶和蜜蜂都纷纷飞过墙去，难道真是春色已移到邻居屋院。

【赏析】

这首活泼、生动的诗句，抒发了诗人惜花惜春的惆怅心情。前两句直叙一场春雨前后春花变化的情景，“初见”，刚刚开放，“全无”，又无影无踪。真是“无可奈何花落去”，春色易逝。后二句以奇特的构想设计了另外一组情节：采花蜜的蜜蜂和粉蝶纷纷飞过了院墙，难道鲜花初放的春色跑到邻家去了吗？花是春色的信息，蜂蝶是花的使者，诗人的心绪随着信息的变化，由观赏、寻觅到思索。诗文充满诗情画意，意味深长。

春　暮

曹　豳

门外无人问落花，绿阴冉冉遍天涯[1]。
林莺啼到无声处[2]，青草池塘独听蛙[3]。

【注释】

〔1〕绿阴：春末夏初百花凋零，而绿树荫浓。

〔2〕无声：林莺老了，不再啼叫。

〔3〕独听蛙：唯独听到蛙鸣声。

【译文】

门外的落花无人问津，满天下处处都绿树成荫。树林里的黄莺停止了叫声，唯独池塘边青草里蛙声阵阵。

【赏析】

作者曹豳，是南宋诗人，字西士，瑞安(今温州)人，进士出身，其诗风格质朴自然，语言通俗明畅。这首诗主要描写郊野暮春景观。首先描写花、鸟、叶，突出暮春之景，点明题意，明媚的春天已经悄然消失了，花儿凋落，遍地只有一片轻轻晃动的绿荫。春色褪去了，黄莺也不再叫了，唯有听听池塘的蛙鸣。一番感叹，抒发了诗人的惜春之情。

春暮游小园

王　淇

一从[1]梅粉褪残妆[2]，涂抹新红上海棠[3]。
开到荼蘼[4]花事了[5]，丝丝天棘[6]出莓墙[7]。

【注释】

〔1〕一从：自从。

〔2〕褪残妆：指梅花凋谢。

〔3〕涂抹：大自然又以另一种花的颜色来装点世界。

〔4〕荼蘼：花名，春末夏初开放。

〔5〕花事了：花季过去了。

〔6〕天棘：又名天门冬，长有线形枝条。

〔7〕莓墙：长满苔藓的院墙。

【译文】

自从梅花褪下粉脂卸了妆，海棠花艳抹浓妆上了场。等到荼蘼丝在布满草莓的墙头飘扬，缕缕的藤萝爬出了布满青苔的院墙。

【赏析】

诗人王淇，宋代人。全诗主要写游园观景，咏叹春事将阑的惆怅的心情。自从梅花凋谢、残妆褪去，大自然又安排海棠花开，涂抹上新的颜色。直到荼蘼以后，春天也就过去了，只有那缕缕藤萝蔓悄悄地爬出了长满青苔的院墙。短短四句，就将春夏交替作了生动的描绘。

莺　梭

刘克庄

掷柳[1]迁乔太有情[2]，交交时作弄机声[3]。
洛阳三月花如锦，多少工夫织得成[4]。

【注释】

〔1〕掷柳：指黄莺在柳树中飞来飞去。

〔2〕迁乔：飞跃到高大的乔木上。

〔3〕交交：织布声，又指鸟鸣声。

〔4〕工夫：指时间。

【译文】

对对多情的黄莺在柳丛乔木中飞行，穿梭船的歌声交相对应。三月的洛阳繁花似锦，这景色不知费了多少工夫才织成。

【赏析】

这首诗着力描写洛阳如花似锦的春光，用了一个奇妙的比喻：把黄莺在柳林中嬉闹飞舞比作织布，由此，洛阳春景便成了一幅巨大的纺织工艺品。“太有情”似乎埋怨黄莺们太闹了，“弄机声”又反过来为黄莺辩解，说它们是在织春景图呢！最后轻轻一笔“多少工夫”，不仅仅是为鸟儿们着急，更多的则是对它们的赞赏和咏颂。

暮春即事

叶　采

双双瓦雀[1]行书案[2]，点点杨花入砚池[3]。
闲坐小窗读周易[4]，不知春去几多时。

【注释】

〔1〕瓦雀：屋檐上嬉闹的麻雀。

〔2〕行书案：麻雀跳跃的影子投映在书桌上。

〔3〕点点：星星点点。

〔4〕周易：即《周易》。

【译文】

双双麻雀的影子飞舞在书案上，点点杨花随风飘落在砚池中。悠闲自得地坐在窗前读《周易》，全然不知春天已溜走多少时辰。

【赏析】

作者叶采，字仲圭，号平岩，邵武(今福建)人，南宋诗人，早年曾从蔡渊学《周易》，后就学于陈淳，其诗风格清闲幽雅。这首诗名为“即事”，由暮春时诵读《周易》一事而产生了联想，由联想而生感慨，因有感触而咏诗。人在书房坐，麻雀房檐嬉闹，本无心理它，无奈它们的影子在书桌上晃动，更有那飞扬的杨花柳絮飘进窗来，落在砚池里。诗人整日沉浸在《周易》书本里，连春去夏来的季节变化信息都忽略掉了。全诗运用白描手法，却生动地描绘出一幅暮春书房小景图。

蚕 妇 吟

谢枋得

子规啼彻四更时[1]，起视蚕稠怕叶稀。
不信[2]楼头杨柳月[3]，玉人歌舞未曾归[4]。

【注释】

〔1〕子规：即杜鹃，喜在夜间啼叫。
〔2〕不信：不敢相信。
〔3〕杨柳月：挂在树梢上的月亮。
〔4〕玉人：指歌舞女子。

【译文】

杜鹃鸟叫完时已是四更，忙起床，看蚕盘中的桑叶是否吃空。谁相信月儿高挂杨柳树梢的楼阁上，美人儿的轻歌曼舞不曾停。

【赏析】

这是一首描写养蚕妇女的诗，表现了诗人对蚕妇艰辛劳动的赞颂和同情。夜已很深了，杜鹃叫了一宿，月亮爬上了杨柳枝头，蚕妇在忙着为蚕添叶。而此时，那些穿绫着缎的歌舞女子仍在轻歌曼舞、通宵欢娱。同样的夜景，不同的场面，反映了旧社会女子的不同命运。“蚕妇”与“玉人”的生活方式迥然不同，两相对照，形象鲜明，生动逼真。

登　山

李　涉

终日昏昏醉梦间，忽闻春尽[1]强登山[2]。
因过竹院逢僧话[3]，又得浮生半日闲[4]。

【注释】

〔1〕春尽：春光将尽。

〔2〕强：勉强。

〔3〕因过：因事经过。

〔4〕浮生：世事无定，人生如浮云不定。

【译文】

整天昏昏沉沉的处于半醉半梦之中。忽然听说春天即将过去了，才勉强登上了庐山。路过竹林寺院时与山僧一席深谈，使我在纷扰的尘世中得到了半日的清闲。

【赏析】

作者李涉，号清溪子，中唐诗人，几次为官，又多次被流放。流放生活使他写下了许多写景咏物、寄情于诗的诗歌，其诗含蓄委婉。这首诗描写了诗人内心的苦闷，终日昏昏沉沉，醉生梦死的情景。当他闻知春天将过去了，才振作起精神，勉强走出户外登山野游。当他路过寺院时，与山僧一席深谈，始觉找到了一种处世方式——闲。“闲”，则指对人生的体悟，一种寄托和解脱，解脱了世俗的烦忧，与“浮”相对，一“浮”、一“闲”，映衬出诗人的真实心态。

晚　春

韩　愈

草木知春不久归[1]，百般红紫斗芳菲[2]。
杨花榆荚无才思[3]，唯解漫天作雪飞[4]。

【注释】

〔1〕不久：马上就要。

〔2〕斗芳菲：争奇斗艳。

〔3〕无才思：没有才华，指杨柳开不出美丽的花朵。

〔4〕唯解：只知道。

【译文】

草木知道春天即将过完，万紫千红争奇斗艳。杨花和榆荚没有才干和思想，只知道像雪花一样满天飘散。

【赏析】

这首诗也叫《游城南晚春》。韩愈的诗追求雄健奇崛，而有的又流于艰涩，这首诗却写得委婉含蓄，颇有独到之妙。诗中运用了拟人的修辞手法，前二句写花草似乎得到了春将归去的信息，万紫千红正在抓住时机争芳斗艳，唯恐辜负了大好春光。后二句则从另一视角，选取“杨花”、“榆荚”，它们虽然开不出鲜艳的花朵，施展不出才华，但也不甘落后，尽情将自己的花絮满天飘洒，化作漫天飞雪，不是也有一番新奇吗？

伤　春

杨万里

准拟[1]今春乐事浓[2]，依然枉却一东风[3]。
年年不带看花眼[4]，不是愁中即病中[5]。

【注释】

〔1〕准拟：原以为。

〔2〕浓：多。

〔3〕枉却：徒然，辜负。

〔4〕看花：赏花。

〔5〕即：就是。

【译文】

原预计今春会快快乐乐，哪知道辜负了春风好景错过。年年我都没有赏花的眼福，不是忧愁就是缠身的病魔。

【赏析】

作者杨万里，南宋诗人，与尤袤、范成大、陆游齐名，并称为南宋四大家。其诗风格纯朴，语言口语化，构思新巧，人称“诚斋体”（诗人号诚斋）。诗人一生写了两万多首诗，较为深刻地反映了民生疾苦。这首诗以《伤春》为题，伤春之意在于既伤春光又伤自己。全诗紧扣一个“伤”字，原以为今年春天会有一些快乐的事，不料却依然枉度春光。如此年年都有美好的愿望，但年年都怅然有失，“不是愁中即病中”，一幅“愁”、“病”的自画像。

送　春

王　令

三月残花落更开[1]，小檐日日燕飞来[2]。
子规[3]夜半犹啼血[4]，不信[5]东风唤不回[6]。

【注释】

〔1〕更：又，复。

〔2〕小檐：矮小的房檐。

〔3〕子规：杜鹃鸟。

〔4〕啼血：杜鹃鸟自春至夏彻夜啼叫，其声哀戚，咽下有红斑，似血。

〔5〕不信：表示寄予希望。

〔6〕东风：指春光。

【译文】

三月花开花落春已残，燕子天天在檐下筑巢来去匆忙。杜鹃鸟半夜苦啼喉滴血，不相信春光呼唤不回来。

【赏析】

作者王令，北宋诗人，平生以教书为业，但人品与诗品均俊逸高雅，有远大的政治抱负，深得王安石的推崇，并以妻妹吴氏许之，不幸诗人早年英逝，留有《广陵先生文集》，其诗意境开阔气势雄壮。这首诗以拟人手法，描写暮春景象。诗中巧妙地借“燕子”和“子规”表达自己的惜春之情。

客中初夏

司马光

四月清和雨乍晴[1]，南山当户[2]转分明[3]。
更无柳絮因风起[4]，唯有葵花向日倾。

【注释】

〔1〕清和：天清气爽，日光和煦。
〔2〕当户：正对门户。
〔3〕转分明：指景色变换分明。
〔4〕更无：再没有。

【译文】

四月里天气清爽和煦，雨过天晴，正对着门的南山景色格外分明。野外没有柳花随风飘飘的美景，只有葵花朝红日恭恭敬敬鞠躬。

【赏析】

作者司马光是北宋政治家、史学家和文学家，他竭力反对王安石变革新法。这是一首政治隐喻诗，借咏叹四月雨过天晴的天气，抒发自己因新法废除后的得意心情。第二句用“南山”点出诗题“客中”，司马光因反对王安石变法而退居洛阳长达十五年，新法废除后，司马光即将复出时，心中的畅快之情自然溢于言表，在此久雨新晴之际，夏阳映红，气象更新。诗中用“柳絮”暗喻拥护新法的人，又以“葵花”比喻恢复旧政的人。其实，这只是政治观点的争论，王安石的新政本是切中时弊的正确政治变革，而司马光只是一种因循守旧而已。

有约

赵师秀

黄梅时节家家雨，青草池塘处处蛙。
有约不来过夜半[1]，闲[2]敲棋子落灯花[3]。

【注释】

〔1〕有约：指事先的约会。

〔2〕闲：无聊。

〔3〕落：震落。

【译文】

黄梅季节家家都听到雨声，长满青草的池塘里处处蛙声。约好的人等到半夜还没来，无聊之中将棋子乱敲震落了灯花。

【赏析】

作者赵师秀，字紫芝，号灵秀，南宋诗人，光宗绍熙元年(1190年)进士，与徐玑、徐照、翁卷并称“永嘉四灵”，开创了“江湖派”一代诗风。这首诗描写诗人在初夏的雨夜候客不至的焦急心情。前两句写景：江南的梅雨季节，人们都闭门不出，只有那长满青草的池塘蛙声此起彼伏。此时此景多么盼望“有朋自远方来”啊！然而，原本约好今日来家做客的友人却迟迟不至，等待是多么难耐啊！诗人等到半夜，只好无聊地敲着棋子，独自消遣。这种等人的心情，在诗人的笔下被刻画得淋漓尽致。

初夏睡起

杨万里

梅子流酸溅齿牙[1]，芭蕉分绿上窗纱[2]。
日长睡起无情思[3]，闲看儿童捉柳花。

【注释】

〔1〕流酸：酸味太浓，亦作“留酸”。

〔2〕分绿：指芭蕉的绿色映在纱窗上，使纱窗染上绿色。

〔3〕无情思：无精打采的样子。

【译文】

梅子的余酸还留在齿颊间，芭蕉映得窗纱一片碧绿。夏季漫长的白天让人醒后无精打采，慵懒地看小孩儿们弄着柳絮。

【赏析】

这首诗作于杨万里赋闲居家之时。前二句描写诗人午睡初醒，齿颊间还留着梅子的余酸，一个“流”字，表现出他闲散的心态。周围一片静谧，芭蕉映得窗纱一片碧绿，一个“分”字格外传神。后两句承上初夏之景，进一步表明夏日昼长、百无聊赖之意，于是，他只有“闲看儿童捉柳花”了，一个“捉”字与“分”字对照，一静一动，相映成趣，为全诗平添了几许活力。

三衢道中

曾　几

梅子黄时日日晴[1]，小溪泛尽却山行[2]。
绿阴不减来时路，添得黄鹂四五声[3]。

【注释】

〔1〕梅子黄时：梅子成熟的季节。

〔2〕小溪泛尽：泛舟已到小溪的尽头。

〔3〕添得：又闻。

【译文】

出游时恰逢梅雨季难得的好天气，泛舟已到小溪尽头，不得已改行山路。绿树成荫，不逊来时的水路，又增加了几声黄鹂的啼唱。

【赏析】

这首诗记叙了游览衢州(今浙江衢县)时的所见所闻，透出诗人对旅途所见所闻的喜爱。愉悦之情溢于言表。首句点明季节和天气，南方梅子成熟时本来是多雨季节，诗人却赶上难得的连日晴朗的天气；次句写途中小溪泛舟，后又改行山道，一个“却”字含有转折的意味，也流露出诗人舍舟步行的无奈情绪。后两句写山行之乐，山里绿荫如画，又有黄鹂声声，丝毫不逊溪行之乐，反而平添一分情趣。

即　　景

朱淑真

竹摇清影罩幽窗[1]，两两时禽噪夕阳[2]。
谢却海棠飞尽絮[3]，困人天气日初长。

【注释】

〔1〕罩：笼罩。
〔2〕两两：成双成对。
〔3〕谢却：凋谢。

【译文】

翠竹婆娑的倩影掩映着幽静的小窗，候鸟双双在夕阳下逗嬉啼唱。海棠花谢了，柳花也不再飞扬，使人困乏的白天渐渐地开始变长。

【赏析】

这首诗描绘了春末夏初的景象，同时也借景抒发了诗人郁郁寡欢的心情。前二句有静有动，静有"清影"和"幽窗"，动有"竹摇"和"禽噪"，有声有色。后二句将前句中的烦躁情绪进一步深化，初夏时分海棠花谢了，柳絮也飞尽了，白天越来越长了，实在给人一种"困人"的感觉。全诗寓情于景，淡淡几笔，却极具感染力。

夏　　日

戴复古

乳鸭[1]池塘水浅深[2]，熟梅[3]天气半晴阴[4]。
东园载酒西园醉，摘尽枇杷一树金[5]。

【注释】

〔1〕乳鸭：刚孵出的小鸭。
〔2〕浅深：深浅不一。
〔3〕熟梅：即黄梅时节。

〔4〕半晴阴：忽阴忽晴的天气。

〔5〕一树金：指满树金黄色的枇杷。

【译文】

小鸭不知深浅地在水中嬉戏，黄梅时节时阴时晴。携酒宴游于东园再去西园畅饮，摘光满树金黄的枇杷来享用。

【赏析】

作者戴复古是南宋江湖诗派中的名家，终身布衣，曾师事陆游。他的诗反映了布衣寒士四方漂泊的凄苦生活和羁旅中的乡思。这首诗又名《初夏游张园》，描写了江南初夏时人们园林宴饮之趣。先写小鸭不管池水深浅而竞相嬉闹，接下来写黄梅雨季天气时阴时晴。后二句进一步描绘人们携酒宴游于东园，接着又去西园畅饮，还把满树的黄透的枇杷摘下来分享。“一树金”活画出满树枇杷的艳丽，难怪他们对此垂涎，一幅欢娱的场面跃然纸上。前写乳鸭的嬉戏，后写人的欢娱，二者对照，欢跃之情溢于言表。

晚楼闲坐

黄庭坚

四顾山光接水光〔1〕，凭栏十里芰荷香〔2〕。
清风明月无人管，并作南来一味凉〔3〕。

【注释】

〔1〕四顾：四下观看。

〔2〕芰：菱角。

〔3〕南来：一作“南楼”。

【译文】

四处环顾山水相连一派好风光，倚着栏杆欣赏十里荷花飘香好景象。清风明月也无心欣赏了，登上南楼更觉快意凉爽。

【赏析】

这首诗选自《鄂州南楼书事四首》，据《世说新语·容止》载：东晋征西将军

庾亮镇守鄂州时曾登城南楼观赏风光，后人复建一南楼纪念庾亮。黄庭坚在崇宁元年寓居鄂州时即登此楼，并赋诗四首，此诗居其首。起句从“四顾”开门见山，一个“接”字描绘出水天一色的美景，气象不凡。接着，由“光”引出“香”，诗人倚栏，久久陶醉于楼外湖中的菱荷清香之中。由于山光水色令人沉醉，菱荷清香迷人，竟然无心欣赏清风明月了。最后一个“凉”字，沁人心脾，一个“并作”，说明“凉”从“光”和“香”中来。诗人在“晚楼闲坐”之中，不仅欣赏到了美景，领略了荷香，更值得称绝的是：享受到精神世界的“清凉”。

村居即事

翁　卷

绿遍山原[1]白满川[2]，子规声里雨如烟。
乡村四月闲人少，才了蚕桑又插田[3]。

【注释】

〔1〕山原：山地和平原。

〔2〕白满川：指河水猛涨时白茫茫一片。

〔3〕才了：刚刚完成。

【译文】

原野山丘一片翠绿河川银光闪闪，杜鹃声里细雨如烟纷纷扬扬。农村的四月人们更加繁忙，才了结采桑养蚕又要耕田插秧。

【赏析】

作者是南宋诗人，考进士屡试不中，终身未仕，但其诗文颇有声名，与当时的徐照、徐玑、赵师秀并称“永嘉四灵”。其诗清新自然，这首诗亦名《乡村四月》，是一首描写江南农村初夏风光的小诗。起句写自然之景，“绿”写树木葱郁，“白”状水光一色，句中不见树和水，却分明让人看到一抹绿意。次写“雨”，雨在“子规声”中更显得悄无声息，虽如烟如雾，润物无声，却暗潜生机。后二句写农事繁忙，诗句朴实无华，与上两句中的景物描写遥相呼应，“少”与“遍”和“满”照应，只见青山不见人。“才”与“又”显出一个“忙”字，更见景外有景，鲜明如画。

题 榴 花

朱 熹

五月榴花照眼明[1]，枝间时见子初成[2]。
可怜此地无车马[3]，颠倒苍苔落绛英[4]。

【注释】

〔1〕照眼明：喻石榴花鲜艳夺目。

〔2〕子初成：刚开始结果实。

〔3〕无车马：指交通不便。

〔4〕绛英：深红色的花瓣，这里指石榴花瓣。

【译文】

五月的石榴花鲜红耀眼，刚结的小石榴挂在枝条间。可惜这里没有赏花的游人，白白地让红色的花瓣落在苍苔上边。

【赏析】

全诗以“榴花”为题，首先赞其色之艳丽耀眼，一个“照”字静中显动，一个“明”字，物中见人。次写其果实刚刚萌生于枝叶之间，与上句一样，人与物相映。后二句抒发感叹，可惜此地交通不便游客稀少，无人观赏，一任花瓣飘落，被苍苔覆盖，“惜花”之感油然而生。也许诗人是以“惜花”寓意“怀才不遇”的惋惜心情吧！

书湖阴先生壁

王安石

茅檐常扫净无苔，花木成畦手自栽[1]。
一水护田将绿绕[2]，两山排[3]闼送青来[4]。

【注释】

〔1〕成畦：亦作“成蹊”，成为小径。

〔2〕护田：指溪水环绕稻田。

〔3〕排：推开。

〔4〕闼：古时对门的称谓。

【译文】

茅草屋檐下常打扫没有青苔，路旁两边的花木自己亲手栽。一条溪水将绿色的农田环绕，大门外两座并峙的青山将碧翠画面送进来。

【赏析】

这首诗是诗人《书湖阴先生壁二首》中的第一首，湖阴先生是王安石的朋友和邻居，此诗题在湖阴先生屋壁上，前二句赞美庭院清幽，“无苔”落在“净”字上，正是妙处。江南空气湿度大，此时又值初夏多雨季节，正是青苔生长最茂盛的时期，而青苔又不易扫除，然而这里却看不到青苔，显得干干净净(亦作“静”)，又见庭院花木成行，行间成径，更显出“净”和“静”来。庭院外溪水绕稻田，两面的青山推门而入，将山色送进了庭院，又为这简陋的茅檐小院又添色不少。“手自栽”表现主人的勤劳，正因为勤劳，才有胜景“送进门来”。花木是自栽的，山色是自然的，二者共为一景，似写庭院，实写主人，可谓妙哉！

乌衣巷

刘禹锡

朱雀桥边野草花，乌衣巷口夕阳斜[1]。
旧时王谢堂前燕[2]，飞入寻常百姓家。

【注释】

〔1〕乌衣巷：故址在今南京秦淮河南和朱雀桥相近，三国时，吴军在这里设营，士兵多穿黑衣，故名。

〔2〕王谢：东晋时两大贵族王导和谢安。

【译文】

从前热闹的朱雀桥边只剩下闲花野草，当年繁华的乌衣巷口仅见到夕阳西下。当年栖息在王侯贵族府里的燕子，如今飞进了普通百姓的家。

【赏析】

这是一首怀古诗，语言凝炼，概括力极强，表现了诗人抚今追昔的沧桑之感，寄托了世事无常的感慨。一、二句诗写曾经显赫一时的王、谢两家曾经居住的地方，如今已是杂草丛生，野花点点，夕阳斜照，凄冷荒凉。三、四句诗写王、谢两大家族已经不复存在了，过去出入于王、谢华堂中的燕子，如今也飞入了普通的百姓家中。全诗从侧面落笔，借眼前景物描写今昔之变，抒发怀旧之感，含蓄深沉，耐人吟咏。

送元二使安西

王　维

渭城〔1〕朝雨浥轻尘〔2〕，客舍青青柳色新〔3〕。
劝君更〔4〕尽一杯酒〔5〕，西出阳关〔6〕无故人〔7〕。

【注释】

〔1〕渭城：在长安西北渭水北岸，今陕西咸阳。
〔2〕浥：润湿。
〔3〕柳色新：古人离别互相折柳送别。柳，喻逗留之意。
〔4〕更：再。
〔5〕尽：喝干。
〔6〕阳关：西汉时的关名，在今甘肃，位于玉门关之南，故称为“阳关”。
〔7〕故人：友人。

【译文】

一场早雨淋湿了渭城道上的灰尘，客店旁的杨柳树郁郁葱葱气象新。劝朋友再干尽这一杯酒，出了阳关就再也见不到故人了。

【赏析】

这是一首脍炙人口的送别友人

的乐府诗，唐人把此诗谱成曲子，广为流传，时人又称《阳关三叠》。前二句写渭城的早晨，绵绵细雨湿透了路面的灰尘，客舍前一片青青杨柳在雨水中显得格外清新。小小的送别，却充满了诗情画意，给人一种清新的感觉。后二句写：我诚挚地劝您再喝干这杯酒，我们就要分手了，西出阳关后，你再也见不到友人了。酒味浓浓，别情依依，令人一唱三叹。唐代诗人咏叹送别的诗作中，此诗独树一帜，成为千古绝唱。

题北榭碑

李　白

一为迁客去长沙〔1〕，西望长安不见家〔2〕。
黄鹤楼中吹玉笛〔3〕，江城〔4〕五月落梅花〔5〕。

【注释】

〔1〕迁客：指被贬官、流放的人。
〔2〕家：这里指朝廷。
〔3〕黄鹤楼：楼名，在武汉。
〔4〕江城：即今武昌。
〔5〕梅花落：古代曲调名。

【译文】

因为触怒权贵被贬到长沙，抬头西望看不到长安自己的家。黄鹤楼吹来玉笛声阵阵，江城五月飞来片片梅花。

【赏析】

这首诗是李白被流放夜郎途经武昌城时游览黄鹤楼时所作。北榭碑，即黄鹤楼上的台榭，此诗题其上。起句以贾谊的典故暗喻自己被流放，蒙冤受屈，成了“迁客”。次句写诗人对朝廷的眷恋和对国事的关心。后二句以笛声寄托内心深处的无限沮丧凄凉的感情。古曲《梅花落》含有双关之意：黄鹤楼上吹上一曲《梅花落》，不禁使人顿生悲怆，仿佛五月江城落满了梅花，一片凄凉景象。

题淮南寺

程　颢

南去北来休便休[1]，　白蘋吹尽楚江秋[2]。
道人不是悲秋客[3]，一任晚山相对愁[4]。

【注释】

〔1〕休便休：得休闲且休闲，顺其自然。

〔2〕楚江：流经皖鄂的一段长江。

〔3〕道人：诗人自称。

〔4〕一任：任其。

【译文】

南来北去自由自在暂在这儿歇息，楚江中浮萍被吹尽，气候已到深秋。我不是悲秋之士伤感之人，任凭秋景萧条晚山相对发愁。

【赏析】

诗人一次旅行途经扬州，适逢秋天，便逗留扬州，并游览了这所寺院，题下此诗。首句中"休便休"运用得绝妙恰当，得休闲时且休闲，无论去何方，无论前途如何，还是随遇而安，顺其自然吧！次句着力描写秋色、秋江、秋风，一个"吹尽"，静中有动，有拟人之妙。后二句自述抱负和心志：我并非见花落泪、对月伤怀之辈，任凭晚山相对生愁去吧，我心中一片坦然，不以物喜，不以己悲，任其自然，超然物外。

秋　月

朱　熹

清溪流过碧山头，空水[1]澄鲜一色秋[2]。
隔断红尘三十里[3]，白云黄叶两悠悠。

【注释】

〔1〕空水：清明透亮的水。

〔2〕澄鲜：清明鲜亮。

〔3〕红尘：指喧嚣的世俗。

【译文】

清澈的溪水从碧绿的山头流过，天空与溪水交织为鲜明的秋景彩图。这里离开尘世很远很远，只有白云和黄叶相互飘逸悠悠。

【赏析】

全诗赞美秋月的玲珑透亮，秋色的明光清莹，并以此抒发自己的心得。起句写皎洁的月光如清幽的溪水在碧绿的山坡上流淌，而碧蓝的水光又与月光共为秋光一色。后二句景中喻情，尽管地僻人远三十里，隔断了世俗红尘，且看天上白云、地下黄叶一样悠然自得。诗中的“清溪”、“碧山”、“空水”、秋色”、“红尘”、“白云”、“黄叶”等以表示颜色的词组，把秋夜的月光描写成五光十色、美不胜收。

七　夕

杨　朴

未会牵牛意若何[1]，须邀织女弄金梭。
年年乞与人间巧[2]，不道人间巧已多[3]。

【注释】

〔1〕未会：不清楚、不明白。

〔2〕乞巧：旧俗中，妇女于农历七月七日夜间向织女乞求智慧与灵巧，称为乞巧。

〔3〕不道：不曾料想，殊不知。

【译文】

真弄不明白牛郎是怎么想的，非得邀请织女来织布。年复一年地向仙女乞求智巧，殊不知人间的智巧已经够多了。

【赏析】

这首诗以“乞巧”立意，首句开门见山地设问，后两句设置答案。诗人借题发挥，将天上的智慧与人间奸巧虚伪、尔虞我诈对照，表现了诗人对世俗的深刻讽刺。五代十国时期政权割据，民不聊生，诗人对纷乱的社会现实十分不满。这首诗将诗人对人民的同情和对当局的不满表达得淋漓尽致。

立　秋

刘　翰

乳鸦〔1〕啼散玉屏空〔2〕，一枕新凉一扇风〔3〕。
睡起秋声〔4〕无觅处，满阶梧叶月明中。

【注释】

〔1〕乳鸦：幼鸦。

〔2〕玉屏：玉石制作的屏风，这里比喻傍晚明净的秋空。

〔3〕新凉：阵阵凉风。

〔4〕秋声：此指风吹梧桐的声音。

【译文】

小乌鸦啼叫飞散，天空像玉屏风一样洁净、明亮，一缕缕轻风吹来像纨扇悠悠拂枕。一觉睡醒去把秋声寻找，只见满阶的梧桐叶在明月的笼罩中。

【赏析】

刘翰，字武子，南宋文人，作诗刻意追求南宋“永嘉四灵”的江湖派诗风。这首诗分别描写了秋空、秋风、秋色。写秋空如玉制的屏风，晶莹皎洁，几声鸦啼，更显得秋夜的空溟；写秋风，以人物为视角，诗人倚着簟枕，轻摇小扇，借来阵阵秋风；写秋色，再起转折，循着萧瑟的秋风起身寻觅秋色，却应了“梧叶落而天下惊秋”的说法，门外台阶已经落满了梧叶，在月光照映下，给人的是清凉，还是惆怅？

秋　夕

杜　牧

银烛[1]秋光冷画屏[2]，轻罗小扇扑流萤[3]。
天街夜色凉如水[4]，卧看牵牛织女星。

【注释】

〔1〕银烛：银白色的蜡烛。
〔2〕画屏：绘画的屏风。
〔3〕流萤：飞动的萤火虫。
〔4〕天街：京城长安的街道。

【译文】

秋夜的烛光映照着冷冷的画屏，持一把罗扇扑打飞来飞去的萤虫。京城的街道被夜色浸得凉如水，躺着看那里的牛郎织女星。

【赏析】

这是一首宫怨诗，诗人不刻意雕饰，而是以白描的手法，仅以女主人公的两个动作——“扑流萤”、“卧看”为线索，描绘了两幅秋夜鲜明的图景。首句一“冷”字，十分传神地描绘了秋夜的气氛，并为下句“小扇扑流萤”做了环境的铺垫，衬托出了女主人的内心世界。第三句中的“凉”字，不仅与“冷”字相照应，而且也是女主人公悲凉心境的进一步刻画。最后一句转向卧看银河两岸的牵牛、织女二星，以这传说中的爱情悲剧表达自己的寂寞心情。古人评价此诗说：“层层布景，是一幅着色人物画。只‘卧看’二字，逗出情思，便通身灵活。”

江 楼 有 感

赵　嘏

独上江楼思悄然[1]，月光如水水如天。
同来玩月人何在[2]？风景依稀似去年[3]。

【注释】

〔1〕思悄然：思绪渺茫，若有所失。

〔2〕玩月：赏月。

〔3〕依稀：仿佛，好像。

【译文】

独自登上江楼兴味索然孤凉，月光似江水流逝水像天空一样湛蓝。去年同来赏月的人今在何处？只有风景仿佛像去年。

【赏析】

作者赵嘏，晚唐诗人。他的诗流畅多彩，清圆熟练，明快清逸。在这首登临抒怀的诗中，诗人把写景和抒情和谐地交融在一起。在一个风平浪静的夜晚，诗人独自登上濒临江边的楼台之上，眺望江上月夜美景，不禁想起去年与友人同赏的情形，顿时思绪万千，若有所失。此处“独上”二字与李煜的“无言独上高楼”的词句有异曲同工之妙。接着用两个“水”字，一作喻体，一作本体，回环往复，使月光、水光、天色浑然交融，江天一色，上下辉映。第三句设问，照应“独上”，引出下句中“风景依稀似去年”。故地重游，抚今追昔，不免让人感叹物是人非、徒生一丝惆怅。

西　湖

林　升

山外青山楼外楼，西湖歌舞几时休〔1〕？
暖风〔2〕熏得游人醉〔3〕，直把杭州作汴州〔4〕。

【注释】

〔1〕几时：何时。

〔2〕暖风：暗指南宋统治者寻欢作乐的坏风气。

〔3〕醉：指精神上的麻醉。

〔4〕汴州：北宋的京城，今河南开封市附近。

【译文】

山外更有青山，楼外更有高楼，西湖上的歌舞不知何时才罢休？享乐的香风熏得人痴痴入醉，竟把避难的杭州当成了京都汴州。

【赏析】

作者林升，南宋诗人。这首诗亦名《题临安邸》，临安，即今杭州，当年的南宋都市。这首《西湖》正是在一家旅店墙壁上题写流传下来的。南宋时，金兵入侵，中原大片领土沦陷，人民生活在兵荒马乱之中，而南宋统治者却偏安江南，过着荒淫无耻的生活，当时许多爱国诗人都写下了忧国忧民的诗篇，这首诗中正表达了当时人民对腐朽封建统治集团的愤慨。诗中“几时休”、“暖风熏”，正是诗人对乱世不满的宣泄，也是对统治者腐败行为的尖锐讽刺。

湖上初雨

苏　轼

水光潋滟晴方好[1]，山色空蒙雨亦奇[2]。
欲把西湖比西子[3]，淡妆浓抹总相宜[4]。

【注释】

〔1〕潋滟：水波相连的样子。
〔2〕空蒙：朦胧缥缈。
〔3〕西子：古代美女西施。
〔4〕相宜：恰到好处。

【译文】

晴天的西湖轻风拂水景最好，烟雨迷蒙衬托湖光山色也觉奇妙。西湖美景好似西施美女，不管是淡妆还是浓妆总是那样艳丽妖娆。

【赏析】

诗人在杭州任通判期间，曾写了大量吟咏西湖景物的诗，这是其中最为脍炙人口的一首。诗的前二句既写了西湖的水光山色，也写了西湖的晴姿雨态，阳光映照下，碧波荡漾，雨幕朦胧，山影缥缈。“晴方好”、“雨亦奇”，盛赞不同天气时的湖光胜景。后二句紧承上句，借用西施之美，用一个既空灵又贴切的妙喻传出了湖光的神韵，正因为西湖与西子都是具有难以形容的内在美，所以对西湖来说，晴也好，雨也好；对西子来说，浓妆也好，淡抹也好，都未改其美的神韵。“方好”、“亦奇”，正对“相宜”，可见诗人才思的空灵，比喻的神来之笔。

晓出净慈寺送林子方

杨万里

毕竟西湖六月中〔1〕，风光不与四时同〔2〕。
接天莲叶无穷碧〔3〕，映日荷花别样红〔4〕。

【注释】

〔1〕毕竟：到底是。
〔2〕四时：实指春、秋、冬三季。
〔3〕接天：伸向天边。
〔4〕别样：格外。

【译文】

西湖六月中旬的确与众不同，风光景物与其他季节都不同。碧绿的莲叶和天空连成一片，无穷无尽，荷花在阳光的照耀下格外鲜红。

【赏析】

这首七言绝句描写了西湖六月风光。六月的清晨，诗人步出净慈寺，沿着西湖堤岸，送别友人林子方。“毕竟”二字总领全诗，显得意境突起，也顺手点明“风光不与四时同”的特定、地点(西湖)和特定时间(六月)。此时的西湖风景与其他季节格外不同，“不是春光胜似春光”，在朝阳的映照下，满湖的荷花、莲叶一直铺向水天相接之处，红艳与碧绿相映，显得分外的鲜艳。如此美景，衬托送别的心情，自然又是别有深情意蕴了。全诗以白描手法写来，显得朴素高雅，令人叫绝。

禁　锁

洪　遵

禁门深锁寂无哗，浓墨淋漓两相麻〔1〕。
唱彻五更天未晓〔2〕，一墀〔3〕月浸紫薇花〔4〕。

【注释】

〔1〕两相麻：指作者两次代皇帝起草诏书。

〔2〕唱彻：唱过，报过。

〔3〕墀：宫殿前的台阶。

〔4〕月浸：紫薇花沐浴在月下。

【译文】

戒备森严的宫门紧锁，寂静而无喧哗之声，我为皇帝起草了两份诏书墨迹未干。五更刚刚报过，天色尚未露晓，一轮晓月仍沐浴着台阶前的紫薇花。

【赏析】

作者洪遵，南宋诗人。此诗亦名《直玉堂作》，意在宫中值班回到翰林院所作。诗中“浓墨淋漓”句表现作者一种文思得意、踌躇满志之态。全诗皆在静中写景，在景中写人，情境交融。

寄王舍人竹楼

李嘉祐

傲吏〔1〕身闲笑五侯〔2〕，西江取竹起高楼。
南风不用蒲葵扇，纱帽闲眠对水鸥〔3〕。

【注释】

〔1〕傲吏：恃才傲物的官吏，诗中指竹楼的主人。

〔2〕五侯：泛指权位显贵者。

〔3〕闲眠：悠闲地午睡。

【译文】

高傲的官吏清闲地蔑视权位显贵者。用竹子在西江边搭起高楼。自有南风送爽，不需蒲葵扇子。乌纱帽放在一旁，面对水鸥悠闲地午睡。

【赏析】

作者李嘉祐是中唐诗人，其诗恬然清丽。诗以“傲”开头，实则全诗均是刻画一个傲慢的官吏形象。第一句用“闲笑”表现“傲”，第二句用“起高楼”突出“傲”，第三句用古诗“南负之熏兮可以解吾民之愠兮”典故影射出“傲”，第四句用“闲眠”二字把“纱帽”与“水鸥”连在一起，是讽刺“傲”。诗中两个“闲”字重复使用，本为作诗的禁忌，但这里运用之妙，则妙在突出“傲”字背后是空虚，因空虚而得闲，因空虚而生傲。

直中书省

白居易

丝纶阁下文章静〔1〕，钟鼓楼〔2〕中刻漏长〔3〕。
独坐黄昏谁是伴〔4〕，紫薇花对紫薇郎〔5〕。

【注释】

〔1〕丝纶阁：中书省，皇帝颁发诏书之处。

〔2〕钟鼓楼：古时宫中报时的楼。

〔3〕刻漏：古代以铜壶滴漏计时，在壶上刻出尺度。

〔4〕黄昏：指深夜。

〔5〕紫薇郎：即中书侍郎，诗人曾任过此职。

【译文】

丝纶阁里十分安静，我拟好诏书，坐听钟鼓楼上悠长报更声。夜深人静，我一人独坐，谁与我做伴？只有庭院中的紫薇花与我这个紫薇郎相顾相盼。

【赏析】

这首诗是诗人任中书舍人时在中书省值夜班时所作，亦名《紫薇花》。末句中两个“紫薇”，形影对照，更显得孤独寂寥。无人对话，只有思考，思考什么呢？根据诗人的职务和志向，当是忧国忧民的远大抱负吧。

观书有感

朱 熹

半亩方塘一鉴开[1]，天光云影共徘徊[2]。
问渠[3]哪得清如许[4]，为[5]有源头活水来[6]。

【注释】

〔1〕鉴：铜器皿，可做镜子用。
〔2〕徘徊：来回游移、走动。
〔3〕渠：指池水。
〔4〕清如许：如此清澈。
〔5〕为：因为。
〔6〕活水：不断流淌的水。

【译文】

半亩大的方塘水清如同明镜，映射出来回移动的云影和天光。问它怎么这样明净清澈，原来是它的源头不断有活水流来。

【赏析】

诗题“观书”，似为议论评说，但诗中却是事物描写。看：半亩大的池塘像一面镜子那样明净澄澈，天光云影都在镜子里闪耀浮游。若要询问它为何这般清澈，它的回答是：因为有源源不断的清水流进来。全诗围绕着一“清”字展开想象，层层铺开，以“鉴”做喻，以“天光云影”映衬，又设一问一答，妙趣横生。寓理于景，更加形象、生动，便于人理解。

泛 舟

朱 熹

昨夜江边春水生[1]，艨艟[2]巨舰一毛轻[3]。
向来枉费推移力[4]，此日中流自在行[5]。

【注释】

〔1〕春水生：春天江水上涨。

〔2〕艨艟：古代的战船，诗中指大船。

〔3〕一毛轻：像一片羽毛那样轻。

〔4〕向来：历来。

〔5〕中流：河流中心。

【译文】

昨夜里春潮突发河水猛涨，大战船浮起像一根羽毛一样轻盈。以前枉费了许多推舟的力气，如今自由自在地在河中航行。

【赏析】

这首诗与前诗同为“观书有感”，上首以“方塘”为由，此篇以“泛舟”为题。因为昨夜一场春雨，江水陡涨，汹涌澎湃。我们乘坐的船虽是“艨艟巨舰”，在滚滚江水中却轻如鸿毛，飘摇不定。以往江水枯竭时，舟船搁浅，常须人力推移，其实也是枉费用力，而此时中流泛舟却自在轻快，犹如“一江春水向东流”。诗人写泛舟江水，意在议论评说：别再干推船拉纤的蠢事了，顺水推舟多自在呀！给人的启示是：顺其自然，顺应潮流吧。

冷泉亭

林　稹

一泓[1]清可沁诗脾[2]，冷暖年来只自知。

流出西湖载歌舞[3]，回头不似在山时[4]。

【注释】

〔1〕泓：水深的样子。

〔2〕沁：浸润。

〔3〕载歌舞：指满载歌伎舞女的游船。

〔4〕不似：不像。

【译文】

一泓清澈的泉水滋润着诗人的心田，年复一年的冷暖炎凉心中自有体会。一旦流入西湖浮载歌舞游船，已不像原来在山中明澈清静。

【赏析】

诗以“冷泉亭”为题，此亭在今杭州西湖北岸灵隐寺前飞来峰下。诗人游冷泉亭时，偶从“冷泉”二字得一意境，全诗围绕“冷泉”二字一气呵成。诗中意蕴“人之初，性本善，性相近，习相远”。人如果丧失了本性，便会丧失良知和情操。诗告诉人们的，正是这种冷静的哲思。

冬　景

苏　轼

荷尽已无擎雨盖〔1〕，菊残〔2〕犹有傲霜枝〔3〕。
一年好景君须记，最是橙黄橘绿时。

【注释】

〔1〕擎雨盖：指荷叶。

〔2〕菊残：指枯萎的菊花。

〔3〕傲霜枝：指耐霜的树叶。

【译文】

初冬荷花凋零了，再没有荷叶遮挡风雨，菊花虽残却仍亭亭玉立。请你记住一年中最美的景色，正是在这橙黄橘绿的时候。

【赏析】

此诗原名《赠刘景文》，刘时任杭州两浙兵马都监，常与苏轼诗酒往还，交谊甚厚。这首诗赞美初冬景色，着眼于一个“色”字，先用“荷尽”、“菊残”做比、烘托。前二句描写凋残的花色，欲扬先抑；后二句独选冬景为上佳之色，赞美了菊花“傲霜”的凛凛晚节，突出了橙橘常青树般的高洁。

枫桥[1]夜泊[2]

张　继

月落乌啼霜满天[3]，江枫渔火对愁眠[4]。
姑苏城外寒山寺[5]，夜半钟声到客船。

【注释】

〔1〕枫桥：在今江苏省苏州市西。

〔2〕泊：停船靠岸。

〔3〕乌啼：栖息在树上的乌鸦啼叫，说明天将亮。

〔4〕江枫：江边的枫树。

〔5〕姑苏：苏州的别称。

【译文】

月亮落去乌鸦啼叫寒霜茫茫遍野，面对着江边的枫叶和渔船的灯火使人愁闷难眠。姑苏城外的寒山寺里，半夜的钟声飘入到远来的航船。

【赏析】

诗人在一个深秋的子夜泊船枫桥时不能成眠，羁旅乡愁油然而生，于是欣然写下了这首佳作。全诗从远处写起，首句七个字描绘了“月落”、“乌啼”、“霜满天”三种景象。接着写在秋月渐落的背景下，描写近景中的枫叶和渔火，同时抒发愁绪。最后两句点明了诗中景物的所在地：姑苏城外的客船上，能听到寒山寺的夜半钟声。一个“到”字准确地勾勒出了钟声由远而近给人的听觉冲击，衬托出诗人“对愁眠”的心境。全诗中景物既具体又夸张，表现了诗人高超的艺术技巧。

寒　夜

杜　耒

寒夜客来茶当酒，竹炉汤[1]沸火初红[2]。
寻常一样窗前月[3]，才有梅花便不同。

【注释】

〔1〕汤：诗中指煮沸的水。

〔2〕竹炉：用竹子做的茶炉。

〔3〕寻常：平常，往常。

【译文】

寒夜里客来以茶代酒对尝，竹炉上的水沸了炉火通红。与平常一样的窗前月景，可今宵梅花刚开便觉得香气袭人大不相同。

【赏析】

作者杜耒，南宋诗人，这首诗是他在冬末的寒冷之夜招待来客时即兴之作，表现了一种“有客自远方来，不亦乐乎”的喜悦心情。寒冷的夜晚用茶代酒招待远道而来的客人，炉内炭火炽红，茶水沸腾。窗外月光皎洁，和往常没有两样，但今夜却感觉那梅花之香格外袭人。“茶当酒”表现了“君子之交淡如水”的高雅，“火初红”喻意待客的热情，“一样”与“不同”反映出诗人此时此刻的特有心境，寥寥数语，暗中呼应，其情景、心态、意境，栩栩如生，跃然纸上。

霜　月

李商隐

初闻征雁已无蝉[1]，百尺楼台水接天。
青女[2]素娥俱耐冷[3]，月中霜里斗婵娟[4]。

【注释】

〔1〕征雁：诗中指南飞的大雁。

〔2〕青女：神话传说中的霜神。

〔3〕素娥：嫦娥的别称。

〔4〕婵娟：喻娇好艳丽。

【译文】

刚听到飞雁的叫声蝉儿已经无踪影，站在高楼上远望天水相连的天空。青女与嫦娥都不怕寒冷，在月宫和霜天里争妍斗艳，尽显风彩。

【赏析】

李商隐是唐代著名诗人，他性格孤高绝俗、耿直不屈，他的诗风“高情远意”，构思精细，语言清丽。此诗以深秋之夜作为时间背景，着墨于霜天月色的景象描写。深秋时节，大雁南飞，蝉鸣已没。此时，在高高的楼台上，诗人独自倚栏，极目水光天色交相辉映，托出一轮明月，霜神和嫦娥都在寒霜中争妍斗艳，各显异彩。诗人展开了想象的翅膀，诗意浪漫，反映了诗人对光明、美好事物的向往。

梅

王　淇

不受尘埃半点侵〔1〕，竹篱茅舍自甘心。
只因误识〔2〕林和靖〔3〕，惹得诗人说到今〔4〕。

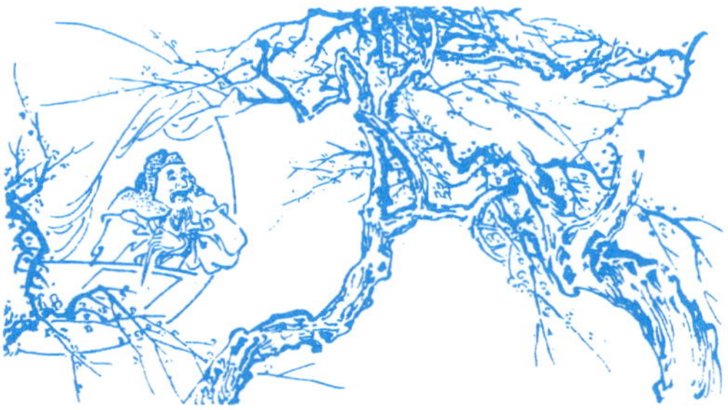

【注释】

〔1〕尘埃：喻世俗。

〔2〕误识：无意中结识。

〔3〕林和靖：北宋诗人，一生不仕不娶，隐居西湖孤山，专植梅花，养仙鹤。

〔4〕惹：招来，引起。

【译文】

纯洁清白的身心不染一点灰尘，身居竹篱草屋也情愿甘心。只因为结识了人称“梅妻鹤子”的林和靖，才把这佳话传到如今。

【赏析】

这首诗以“梅”为题，赞颂梅花高洁的品格。诗中采用拟人的手法，代梅立言，寓庄于谐，寄托了一种对清高人格的崇尚心志。这些梅花虽然生长在竹篱旁、茅檐下，但它们安贫乐道，顺乎自然，既不沾染尘埃，也不消极自弃，只是因为偶然与林和靖缔结了梅妻鹤子的佳话，故而被诗人骚客吟诵传为佳话。前二句以“竹篱茅舍”映衬出梅花品质高洁的境界。后二句以一种假设的情节，巧妙地托出林和靖这个时人公认为品德高雅的隐士。“误识”实是反衬，表明诗人对林的崇尚和对梅花的赞美。

早春

白玉蟾

南枝才放两三花〔1〕，雪里吟香〔2〕弄粉〔3〕些〔4〕。
淡淡著烟浓著月〔5〕，深深笼水浅笼沙〔6〕。

【注释】

〔1〕南枝：即朝南向阳的花枝。
〔2〕吟香：咏花的香韵。
〔3〕弄粉：赏玩含苞初放的花蕊。
〔4〕些：同兮。
〔5〕著：笼罩。
〔6〕笼：映影，投影。

【译文】

朝南的梅枝才绽出几朵鲜花，诗人就在雪地里赞赏她的馨香素雅。淡淡的轻烟衬托出浓浓的月色，深深地投在水里，浅浅地笼照白沙。

【赏析】

作者白玉蟾，南宋道士，学道五夷山，为南宋道教五祖之一，一生善画梅兰竹菊，擅诗文。这首诗以“早春”为题，没有丝毫道教痕迹，纯是一首咏景之作。诗中先写花开早，向阳枝头刚刚开出了两三朵梅花，在皑皑白雪的映衬下，显得分外妖饶。后转而描写月光和烟雾，由于月光渐移，烟雾缭绕，使得花影刚刚还在深深的水底，此时又投影在沙滩上。此句借用了杜牧的“烟笼寒水月笼沙”的诗句，但自有创意，并与全诗浑然天成。

雪　梅（其一）

卢梅坡

梅雪争春未肯[1]降[2]，骚人[3]搁笔费评章[4]。
梅须逊雪三分白[5]，雪却输梅一段香[6]。

【注释】

〔1〕未肯：不肯，不甘。
〔2〕降：不退让。
〔3〕骚人：指诗人。
〔4〕评章：指评论。
〔5〕逊：退让，谦让。
〔6〕输：负于。

【译文】

梅雪竞相争春，互不相让，诗人停笔评判费思量。梅花不如雪花那么洁白，雪花不及梅花清香怡人。

【赏析】

卢梅坡为宋代诗人，《雪梅二首》评价了雪与梅的高下，又说明二者互为陪衬的另一面，梅花和白雪互相媲美争夺春辉，互不相让，诗人墨客们无法评论，只好搁笔免得白费笔墨。梅花应该承认没有雪那么洁白，白雪也要承认不及梅花清香。诗人的笔下，梅与雪各有千秋，相得益彰，无须争强好胜，各自谦让一步，自然互见短长。诗人借此倡扬谦逊之美，但没有比较和自知之明，却难以做到。

雪　梅（其二）

卢梅坡

有梅无雪不精神[1]，有雪无诗俗了人[2]。
日暮诗成天又雪，与梅并作十分春[3]。

【注释】

〔1〕精神：神采，意韵。

〔2〕俗了人：给人庸俗之感。

〔3〕并作：合作，合成。

【译文】

梅花没有雪花映衬就缺乏神韵，赏雪不吟诗章就是俗人。傍晚时分新诗吟成恰天又下起纷纷大雪，三者合一构成春色十分。

【赏析】

此诗为前一首的姐妹篇，应为同一作者所作，但有一说，认为此首为南宋歙州祁门(今安徽祁门县)人方岳所作，原编者将二首确定为一人所作，当是合理的，此二首主题思想、构想创意皆有其内在联系，但又有其不同的侧重点。这首诗实写雪而虚写梅，并安排了一个“第三者”诗。雪、梅、诗交相辉映缺一不可，有梅花而无白雪映衬则缺乏神韵，有白雪没有诗咏则显庸俗。诗人傍晚刚刚把诗写好，天上便飘起了雪花，此时，雪花与梅花共同织成一幅美景。大自然是万物共同塑造的，万物都是自然界的主人。

秦淮夜泊

杜　牧

烟笼寒水月笼沙[1]，夜泊秦淮近酒家。

商女[2]不知亡国恨[3]，隔江犹唱《后庭花》[4]。

【注释】

〔1〕寒水：指秦淮河水。

〔2〕商女：卖唱的歌妓。

〔3〕亡国恨：南朝灭亡的遗恨。

〔4〕后庭花：乐府名《玉树后庭花》。

【译文】

轻烟和月光笼罩在河水和沙滩上，小船停泊在秦淮河畔的酒家旁。卖唱的歌女不懂得亡国的痛苦，在江那边还把《后庭花》唱得欢。

【赏析】

这首诗通过夜泊秦淮河所见所闻的描写，寄寓了诗人对现实的不满与无奈，同时揭露了晚唐统治集团沉溺声色、醉生梦死的腐朽生活。一、二句，诗人以一幅月色迷蒙、轻烟淡雾、笼罩着秋夜的河水的图景，引出人物。一个“近”字，点明了诗人观景的视角位置。后两句着重抒情，是全诗的重点。由“酒家”引出“商女”，又由“商女”引出《后庭花》曲，由视觉转向听觉，自然顺畅，境中生意，意中抒情，有感而发，独具匠心。

归　雁

钱　起

潇湘何事等闲回〔1〕？水碧沙明两岸苔〔2〕。
二十五弦弹夜月〔3〕，不胜清怨却飞来。

【注释】

〔1〕潇湘：河名，指湘江、潇水。
〔2〕苔：泛指草木。
〔3〕二十五弦：瑟有二十五弦。

【译文】

雁儿为什么不停留在美丽的潇湘？碧水白沙青苔长满两岸。原来是湘水女神在月下奏起瑶瑟，无限凄凉悲伤的乐曲向耳际传来。

【赏析】

这是一首咏雁的名诗。诗人是南方人，但长期在长安做官，此诗正是借归雁南飞表达了思乡之情。大雁飞到潇湘之畔，不知何故又返回(湖南衡阳县南有回雁峰，传说大雁到此不再南飞而返回)。潇湘之畔有的是碧水明沙和茂盛的草木，难道那里不是理想地栖息之地吗？三、四句对大雁“等闲回”的原因作出另一种解答：原来是月明之夜湘水女神弹起了哀怨的音乐，竟然使大雁禁受不住乐声的感染，纷纷飞回。诗人寄情于雁，托志于“归”，推究于“怨”，绻绻思乡意，拳拳爱国心，尽在诗句中。

早朝大明宫

贾　至

银烛[1]朝天紫陌长[2]，禁城春色晓苍苍[3]。
千条弱柳垂青琐[4]，百啭流莺绕建章[5]。
剑佩声随玉墀步[6]，衣冠身惹御炉香[7]。
共沐[8]恩波凤池上[9]，朝朝染翰侍君王[10]。

【注释】

〔1〕银烛：用白蜡烛代指月光。

〔2〕紫陌：京城的道路。

〔3〕禁城：皇帝宫苑，禁止一般人进出之地。

〔4〕青琐：宫廷门窗上刻有锁形花纹，并涂上青色，故名青锁。

〔5〕建章：汉代宫殿名称，这里代指唐代宫殿。

〔6〕玉墀：皇宫中的台阶，多为玉石铺成。

〔7〕御炉香：皇帝用的香炉。

〔8〕沐：身受。恩波：指皇帝的恩泽。

〔9〕凤池：中书省所在地。

〔10〕染翰：点染笔墨，指写书。

【译文】

月光照在朝见天子的长长的道路上，拂晓时皇城呈现出一片青苍的景色。千条柔弱的柳枝低垂在宫门前，飞舞的黄莺绕着建章宫婉转鸣叫。随着走上台阶的步伐身上的宝剑和玉佩不断撞击发出声响，整齐的衣冠沾染了从御炉中飘出的香气。我们供职于中书省共同沐浴天子的恩泽，每天撰写诏书来报答皇恩。

【赏析】

此诗以“早朝大明宫”为题，是诗人随肃宗在长安大明宫赦天下之时所作。全诗歌功颂德，人称“御用诗”，虽其思想内容无可取之处，但其具有一定造诣。全诗扣题紧，首联用“银烛朝天”表达“早朝”

二字，御街深宫，春晓月沉；颔联紧扣“明”字，柳笼宫院，流莺百啭，气氛浓郁；颈联扣住“朝”字，群臣诚惶诚恐，彬彬有礼，突出帝王的尊严；末尾歌颂皇帝恩德，表达忠于职守、报恩勤王的忠心。句句意境鲜明，前后情景交融，当为应制诗中上乘之作。

和贾舍人早朝

杜　甫

五夜漏声[1]催晓箭[2]，九重[3]春色醉仙桃[4]。
旌旗日暖龙蛇动，宫殿风微燕雀高[5]。
朝罢香烟携满袖[6]，诗成珠玉[7]在挥毫[8]。
欲知世掌[9]丝纶美[10]，池上于今有凤毛[11]。

【注释】

〔1〕漏声：铜壶滴漏声。

〔2〕箭：古代漏壶上计时的标记，形状似箭。

〔3〕九重：皇帝所居之地。

〔4〕春色：喻皇帝面颜为龙颜，亦称春色。

〔5〕燕雀高：燕子高飞。

〔6〕朝罢：早朝完毕。

〔7〕珠玉：珠圆玉润。

〔8〕挥毫：运笔书写。

〔9〕世掌：掌管代皇帝起草诏书的人。

〔10〕丝纶：皇帝的诏书，帝言如丝，其出如纶。

〔11〕凤毛：指官场得意的文才。

【译文】

五更的漏声催动报晓的箭筹，皇帝的容颜像仙桃般红润丰满。旗帜在丽日下像龙蛇蜿蜒飘舞，燕子在微风中高翔于殿檐之上。大臣退朝后衣襟都带着熏香味，提笔便写出了珠圆玉润的诗篇。要知谁是几辈人都在干这起草文书的美差，那就是凤凰池上的贾至他们一家人了。

【赏析】

这首诗是杜甫和贾至的《早朝大明宫》诗，和即以诗歌相酬答，亦名和诗。因是和诗，所以诗中内容及措词须与贾至原诗相一致，特别是咏题的对象不能更改，故诗人和其诗最后都赞贾至家风之盛。

和贾舍人早朝

王　维

绛帻[1]鸡人[2]报晓筹[3]，尚衣[4]方进翠云裘[5]。
九天阊阖开宫殿，万国衣冠[6]拜冕旒[7]。
日色才临仙掌动[8]，香烟[9]欲傍衮龙浮[10]。
朝罢须裁[11]五色诏[12]，佩声归到凤池头[13]。

【注释】

〔1〕绛帻：红头巾包头像鸡冠。

〔2〕鸡人：在宫中负责报时的小官，其头戴绛帻。

〔3〕报晓筹：古时宫中报时的工具为筹，五更为报晓筹。

〔4〕尚衣：负责管理皇上服饰的小官。

〔5〕翠云裘：饰有翠绿色云纹的皮衣。

〔6〕万国衣冠：各国使臣。

〔7〕冕旒：皇冠上所垂的珠串，这里代指皇上。

〔8〕仙掌：皇帝专用遮风挡日的扇子。

〔9〕香烟：宫殿焚烧香料所生的烟气。

〔10〕衮龙：天子的龙袍。

〔11〕裁：这里指书写。

〔12〕五色诏：用五色纸书写的诏书。

〔13〕凤池：指中书省。

【译文】

头戴红巾的卫士高声报道清晨已至，尚衣官刚刚给皇帝进献翠绿云纹的皮衣。高耸九天的皇宫大门一一敞开，各国使臣文武百官共同朝拜帝王。张开的掌扇迎着初升的朝日，香烟缭绕着龙袍在浮动。早朝完毕还要撰写五色诏书，玉佩声中已快步赶回到凤凰池。

【赏析】

诗人以独特的视角，从表现宫廷生活入手，正面描写皇帝临朝时的情景。开头由鸡人报晓写到皇帝更衣的起居仪式，繁缛隆重。进而描写早朝的盛大堂皇、万国朝拜的场面。接着进一步细致描写早朝仪式的庄严、隆重、华贵。最后极赞贾至作为皇帝的近臣身居要职而备受宠显。因为这是酬和贾至歌颂早朝的诗，故尾联落到主题，并无溢美之词。

和贾舍人早朝

岑　参

鸡鸣紫陌曙光寒〔1〕，莺啭皇州〔2〕春色阑〔3〕。
金阙〔4〕晓钟〔5〕开万户，玉阶仙仗〔6〕拥千官。
花迎剑珮星初落〔7〕，柳拂旌旗露未干。
独有凤凰池上客〔8〕，阳春一曲和皆难〔9〕。

【注释】

〔1〕紫陌：京城皇宫中的街道。

〔2〕皇州：皇城，指长安。

〔3〕春色阑：春天将尽。

〔4〕金阙：指大明宫。

〔5〕晓钟：大明宫前的钟鼓楼，用于报时，故名报晓钟。

〔6〕仙仗：指皇宫的仪仗队。

〔7〕星初落：黎明时繁星隐去。

〔8〕客：亦指贾氏一家。

〔9〕阳春一曲：即古代楚国的名曲《阳春白雪》。

【译文】

金鸡报晓，长安街上曙光犹寒；莺啼婉转，皇都内外春意阑珊。报时的钟鼓声敲醒了千门万户，皇家仪仗队簇拥着上朝文武百官。繁星开始隐退，鲜花辉映着卫士的佩剑；露水尚未吹尽，垂柳轻拂旗幡。唯有凤凰池上世代供职的贾舍人，一首《上朝》诗，像《阳春白雪》那般难和。

【赏析】

这首诗紧扣“早朝”主题，诗中“曙光寒”、“春色阑”、“晓钟”、“星初落”、“露未干”均体现了一个“早”字，而“金阙”、“仙仗”、“拥千官”、“旌旗”皆表现一个“朝”字。这首诗被后世人称誉其“精工整密，字字天成”，对场面的描绘更有特色。

上元应制

蔡 襄

高列千峰〔1〕宝炬森〔2〕，端门〔3〕方喜翠华临〔4〕。
宸游〔5〕不为三元夜〔6〕，乐事还同万众心。
天上清光留此夕〔7〕，人间和气阁〔8〕春阴〔9〕。
要知尽庆华封祝〔10〕，四十余年惠爱深〔11〕。

【注释】

〔1〕千峰：指皇宫中灯火如山。

〔2〕宝炬森：形容元宵观灯时彩灯林立。

〔3〕端门：皇宫正门，即午门。

〔4〕翠华：皇帝身后的屏扇，此指仪仗队。

〔5〕宸游：帝王游览为宸游。

〔6〕三元夜：春为岁之元，正月为春之元，元宵为夜之元。

〔7〕清光：天空清朗的夜色。

〔8〕阁：集聚。

〔9〕春阴：即春夜。

〔10〕华封祝：古时之词，传说唐尧巡视于华地，守疆人为他祝寿、祝福。

〔11〕惠爱：教化。

【译文】

灯烛林立，像高高排列的千座山峰，皇帝正高兴地登临到午门上。天子出游不是为观看灯山火海，而是要与民同乐。天上明亮的月光在今夜流连，人间温暖融和的气息像长住的春天。要知道为什么百姓都效仿华封人祝颂天子，为着皇上在位四十多年对百姓恩泽仁爱深厚的缘故。

【赏析】

作者蔡襄，北宋书法家，其诗亦佳。这首《上元应制》诗是元宵节奉皇帝之命而作，故称“应制”，完全是为歌功颂德，无现实意义，但其诗品艺术却有借鉴之用。全诗极力歌颂皇帝的享乐为“与民同乐”，俯顺民情。开篇描写彩灯无数、明烛林立、灯火阑珊、万众欢腾的场景；颔联、颈联进一步渲染“乐事还同万众心”这一主题；末联以设问手法，为全诗的歌颂得出一个公式的结论。诗中工对、韵律及立意、措词很见功夫，读来朗朗上口。

答丁元珍

欧阳修

春风疑不到天涯，二月山城未见花〔1〕。
残雪压枝犹有橘，冻雷惊笋欲抽芽〔2〕。
夜闻啼雁生乡思，病入新年感物华〔3〕。
曾是洛阳花下客〔4〕，野芳虽晚不须嗟〔5〕。

【注释】

〔1〕山城：即三峡白帝城。

〔2〕冻雷：早春的雷。

〔3〕物华：唐代诗人王勃有“物华天宝”的诗名，泛指万物。

〔4〕花下客：指诗人曾在洛阳做官。

〔5〕野芳：野花。

【译文】

心里想春风吹不到这遥远的边疆，二月了山城还没见到鲜花开放。残雪尚未消融的枝上还有过冬的橘子，春雷声声惊醒竹笋想要抽出新芽。夜听雁声开始思念家乡，病中感慨新的一年万物起了变化。你曾在洛阳任过官职，多历春光，多见春花。暂谪山城，荒野花儿晚开也不必抱怨悲叹。

【赏析】

丁元珍是欧阳修的友人，当时正在边远的峡州任军事判官。这首诗是回复丁元珍贬居边城后第一封来信时所作，以慰勉友人“守身待时”，并以自己曾遭贬官经历共砺。努力鼓励友人积极向上，于愁闷中解脱自我。

插花吟

邵雍

头上花枝照酒卮[1]，酒卮中有好花枝。
身经两世太平日[2]，眼见四朝全盛时[3]。
况复[4]筋骸粗康健[5]，那堪[6]时节正芳菲[7]。
酒涵[8]花影红光溜[9]，争忍花前不醉归[10]。

【注释】

〔1〕酒卮：古代盛酒的器皿。

〔2〕两世：古人以三十年为一世，两世为六十年，诗中指诗人年过花甲。

〔3〕四朝：指宋真宗、仁宗、英宗、神宗四代皇帝。

〔4〕况复：何况。

〔5〕筋骸：身体。

〔6〕那堪：再加上，更有。

〔7〕芳菲：指花草美好，诗中泛指美好的事物。

〔8〕涵：浸润。

〔9〕红光溜：红花光影闪烁不定的样子。

〔10〕争忍：怎忍。

【译文】

招展的花枝，映照手中的酒杯，手中的酒杯，印含妍丽的花枝。亲身经历了整六十年太平岁月，亲眼见到过四位君王全盛时日。况且我筋骨强健，身体健康，再加上这大好季节，满眼春芳。酒杯里涵满花影，红艳艳光流彩溢，怎忍心在花前，不酩酊大醉痛饮它一场？

【赏析】

诗作者邵雍是北宋哲学家，亦工律诗。插花指古代男子发髻上的插花。这首诗即以插花为题，歌颂太平时世，自得其乐，人亦称之为“醉歌。”鬓发插花，手持酒杯，杯中浮现花影，诗人亦饮亦歌。诗人自叙一生度过了六十年的太平岁月，历经四代皇帝的盛世，何况身子骨还算康健，再加上时值大好的时光，笑眯着醉眼，看着杯中浸润着花影，这怎能不叫人痛饮到大醉方归呢？诗中可见北宋开国后“百年无事”的升平景象，一些人在富足的生活中安度一生而心满意足的精神状态。

寓　意

晏　殊

油壁香车不再逢[1]，峡云[2]无迹任西东[3]。
梨花院落溶溶月，柳絮池塘淡淡风。
几日寂寥伤酒后[4]，一番萧索[5]禁烟中[6]。
鱼书[7]欲寄何由达[8]？水远山长处处同。

【注释】

〔1〕油壁香车：古代一种用油漆涂饰车壁的车子，因装饰华贵而名香车。

〔2〕峡云：巫峡山间的云雾。

〔3〕无迹：变幻莫测。

〔4〕伤酒：指对酒的腻烦。

〔5〕萧索：萧条，冷落。

〔6〕禁烟：指寒食节禁烟火。

〔7〕鱼书：即书信，语出古乐府“呼儿烹鲤鱼，中有尺素书”句。

〔8〕何由达：怎样才能送达。

【译文】

再也遇不上那豪华香车中的美女，像巫峡中的云随风飘往西东无影无痕。开着梨花的院落中月色溶溶，飘着柳絮的池塘上春风淡淡。几天来像喝醉了酒似的精神不振，像过寒食节似的任何事都不为所动。要想寄封信怎么能寄到呢？水远山长到处都相同。

【赏析】

晏殊的诗在富贵气中却有缠绵悱恻的情致，故有“富贵闲人”之称。此诗题为“寓意”，意为一段幽怨难以明说，只好含蓄于诗句之中。首联飘忽传神，油壁香车刚刚辗过又骤然消失，一片彩云飘忽不定，喻爱情起波折；颔联景中有情，院落中的梨花沐浴在如水的月光之下，池塘边的柳絮荡起淡淡轻风，描绘出一种情致缠绵的境界；颈联写眼前景况，欲遣不能，一副颓唐、沮丧的失落景象；末联则宕开一笔，自问自答，自我排遣，似乎想从抑郁的爱情伤感中挣脱出来以寄书信的方式，去找回失去的爱情。但“处处同”一句又提醒自己：世事处处同，还是别执着吧！

秋　千

僧惠洪

画架[1]双裁翠络偏[2]，佳人春戏小楼前[3]。
飘扬血色裙拖地[4]，断送[5]玉容人上天[6]。
花板润沾红杏雨[7]，彩绳斜挂绿杨烟[8]。
下来闲处从容立[9]，疑是蟾宫[10]谪降仙[11]。

【注释】

〔1〕画架：饰有画纹的秋千架。
〔2〕翠络：翡翠色的秋千绳。
〔3〕戏：指荡秋千。
〔4〕血色：深红色。
〔5〕断送：丧失之意。
〔6〕玉容：容貌娇美。
〔7〕红杏雨：红杏枝头上的雨露。
〔8〕绿扬烟：烟缭绕在杨柳枝头的烟雾，这里指秋千彩绳荡起来的景观。
〔9〕闲处：秋千架旁边。
〔10〕蟾宫：指月宫。
〔11〕谪降仙：因被贬谪下凡的仙女。

【译文】

彩画的秋千架上两根翠绿绳子斜挂，春浓时节娇美人儿嬉戏在小楼前。殷红的长裙飘扬着拖在地面，白玉容颜的美人仿佛荡往青天。红杏花瓣如雨沾濡在雕花的踏板，绿杨柳丝如烟斜挂在其间。荡毕走下秋千在空地上亭亭玉立，真像是月宫仙女降临到人间。

【赏析】

作者是宋代高僧，善诗词，诗意婉转，风格似秦少游，有乐府之韵味。诗以“秋千”为题，秋千本是北方山戎的游戏，汉代时成为宫中女子娱乐的常项，宋代渐入民间。此诗运笔颇有特色，首联从秋千和佳人分镜头切入，“裁”与“戏”，两个动词工对，一物动，一人动，相映成趣；颔联又是人物的特写，“裙拖地”、“人上天”，想象丰富，形态逼真；颈联描绘秋千的华贵，“红杏雨”与“杨柳烟”，“花板”与“彩绳”，不仅工对，而且层次分明；末联又将镜头一转，由秋千上转到秋千下，由秋千转到荡秋千的人，一个“疑是”引出一个夸张的比喻，托出一位“从容立”的下凡仙女，令人叫绝。

曲江对酒（其一）

杜　甫

一片花飞减却春[1]，风飘万点正愁人[2]。
且看欲尽花经眼[3]，莫厌伤多酒入唇。
江上小堂巢翡翠[4]，苑边高冢卧麒麟[5]。
细推物理须行乐[6]，何用浮名绊此身[7]。

【注释】

〔1〕减却：减去了。
〔2〕万点：点点落花。
〔3〕欲尽：花将凋谢。
〔4〕巢翡翠：翡翠(小鸟)筑巢。
〔5〕麒麟：指墓碑上雕刻的图案。
〔6〕物理：万物变化的规律。
〔7〕绊：羁绊，束缚。

【译文】

一片落花减少了春天妩媚的景色，风飘万点残红正使人发愁烦闷。且看眼前欲尽的花瓣，别怕多喝伤身开怀痛饮！江边幽静的小亭堂栖息着翡翠鸟、闲适宁静，园林边王侯将相的墓前摆卧着石麒麟、荒凉凄清。冷静细想事物变化之理应该及时行乐，为何要为追求虚名而束缚自身？

【赏析】

这首诗作于乾元元年暮春，时杜甫虽任左拾遗，但无可谏之言，于是怀着一种失落的心情来到曲江边，面对落花纷飞和安史之乱后曲江的残败景象，不禁伤感，借诗抒怀。首联从“一片”落花入笔，虽是小小一片，却减却了美好的春光，何况“风飘万点”，可见“愁人”伤感之深沉；颔联由叹春转而惜春，由“欲尽”到“莫厌”，情思起伏，往复低回，凄婉无限；颈联从飞花转到人事、回头看，江边旧时华丽的小堂现在只供鸟儿们筑巢栖息，花苑边那些雕龙画凤的墓碑也被推倒，一番人去堂空、好景不再的感慨；末联引发议论，由观景伤怀到反思自问，似乎找到了精神上的解脱。

曲江对酒（其二）

杜　甫

朝回[1]日日典春衣[2]，每日江头尽醉归。
酒债[3]寻常行处有[4]，人生七十古来稀。
穿花蛱蝶[5]深深见[6]，点水蜻蜓款款飞[7]。
传语[8]风光共流转[9]，暂时相赏莫相违[10]。

【注释】

〔1〕朝回：上朝归来。
〔2〕典：典当，抵押。
〔3〕酒债：赊欠的酒钱。
〔4〕行处：到处。
〔5〕蛱蝶：指蝴蝶。
〔6〕深深见：忽隐忽现。
〔7〕款款飞：慢慢地飞。
〔8〕传语：寄予。
〔9〕共流转：一起变，或一起游玩。
〔10〕莫相违：不要违背自然规律。

【译文】

天天上朝回来拿着春衣去典当，每天都去江头大醉而归。我去过的酒店都欠了酒债，这很平常，人生活到七十岁自古来就很稀少。蝴蝶在花丛中穿来穿去时隐时现，蜻蜓在水面上缓缓飞行时高时低。寄语大好春光，你要和蝴蝶、蜻蜓一起游玩，即使给我短暂的欣赏也不要违背我的心愿。

【赏析】

此诗为《曲江对酒》中的第二首，前首伤春感时，叹人事无常，何必被荣辱所牵累。这一首写散朝归来赏春纵酒、苦中作乐的情态和心境。前两联着意描写一个“穷”字，“典春衣”、“酒债”与“尽醉归”、“行处有”似乎矛盾，实是诗人生活情形的真实写照。后二联宕开笔锋，由“穷”而“达”。诗人写“达”并没有简单地说理，而是笔笔落在景上、物上，用“深深见”、“款款飞”、“共流转”、“相赏”极尽描写明媚多趣的春光，表现出人与自然的亲切和融洽。

黄　鹤　楼

崔　颢

昔人已乘黄鹤去[1]，此地空余黄鹤楼。
黄鹤一去不复返，白云千载空悠悠。
晴川[2]历历汉阳树[3]，芳草萋萋鹦鹉洲[4]。
日暮乡关何处是[5]，烟波江上使人愁。

【注释】

〔1〕昔人：指传说中的仙人。
〔2〕晴川：晴朗的山川。
〔3〕汉阳：与黄鹤楼的隔江相望的汉阳镇。
〔4〕鹦鹉洲：长江中的小沙洲，在黄鹤楼东北方。
〔5〕乡关：故乡。

【译文】

从前的仙人已乘黄鹤飞去，这里只剩一座空楼。黄鹤一去不再回来了，千百年来只有白云在空中悠悠飘浮。山川晴朗秀丽，汉阳的绿树历历可见。鹦鹉洲的芳草葱郁茂稠。日落黄昏哪里是我的家乡，江上烟波浩瀚使人生愁。

【赏析】

这是一首脍炙人口的七言律诗，据辛文房《唐才子传》载：李白登黄鹤楼见此诗，发出“眼前有景道不得，崔颢题诗在上头”的感叹，遂不作黄鹤楼诗。诗的前二联紧扣黄鹤楼，托想空灵，寄兴高远。首联点题，写楼名来历，楼壁有黄鹤下壁而舞、仙人驾鹤远去的图画，诗人巧妙地用诗释图，“乘”、“空余”前因后果勾连呼应；颔联接写楼上所见，仍从传说故事生发开来，仙人驾鹤不再复返，登楼所望见的唯有片片白云千载飘荡；颈联实写，诗人的目光由仰望长空转而俯瞰大地，遥望对岸，山川晴朗锦绣，绿树历历在目；视线南移，江中的鹦鹉洲上花草郁郁葱葱；末联由景抒情，遥望夕阳西下的远方，只见江山烟雾迷漫，更添思乡之愁，一种游子无定止的人生感叹油然而生。

旅　怀

崔　涂

水流花谢两无情，送尽东风过楚城〔1〕。
蝴蝶梦中家万里〔2〕，杜鹃枝上月三更〔3〕。
故园书动经年绝〔4〕，华发春催两鬓生〔5〕。
自是不归归便得，五湖〔6〕烟景有谁争〔7〕？

【注释】

〔1〕楚城：春秋战国时期的楚地，今两湖地区。
〔2〕蝴蝶梦：泛指梦境。
〔3〕杜鹃：鸟名，春夏之夜啼叫不止，其声哀戚。
〔4〕经年：花白头发。
〔5〕华发：花白头发。
〔6〕五湖：诗中指太湖一带。
〔7〕烟景：风景。

【译文】

流水和落花两者都无情，楚城的春光已经送走散尽。梦里学庄子化蝶却离家万里飞不到，只听杜鹃在枝头啼鸣月色正是三更。故乡的书信已有一年多没有通，春催白发两鬓频生。虽然是有家可归而并未辞官作回归的打算，像范蠡坐扁舟泛五湖那样湖中景色有谁来相争？

【赏析】

作者崔涂，晚唐诗人，久在西南、西北作客，多羁愁别恨诗作，情调抑郁低沉。这首诗满怀羁旅之思。首联写：流水东去、花开花谢都是不可抗拒的自然现象，一路上度过了春天又走过了楚城；颔联写：多年没有故乡音讯，思乡的愁闷催白了两鬓华发；末联写，是回去还是不回去当然由自己决定，但江南胜景能由人任意争夺吗？诗中表达了强烈的思乡情绪，但又流露出想回乡又不忍回乡的矛盾心理。

答李儋元锡

韦应物

去年花里逢君别[1]，今日花开又一年。
世事茫茫难自料，春愁黯黯独成眠[2]。
身多疾病思田里[3]，邑[4]有流亡[5]愧俸钱[6]。
闻道[7]欲来相问讯[8]，西楼望月几回圆[9]。

【注释】

〔1〕花里：开花时节。
〔2〕黯黯：神情沮丧的样子。
〔3〕思田里：思念乡里田园，有归隐之意。
〔4〕邑：城市。
〔5〕流亡：流浪，逃难的人。
〔6〕愧俸钱：愧对朝廷发给的俸禄。
〔7〕闻道：听说。
〔8〕问讯：问候，探询。
〔9〕西楼：指滁州西楼。

【译文】

去年开花时与你分别，今年花开时又过了整一年。世事茫茫谁都难预料，春日里心情黯淡独自无奈在床眠。自身患有多种疾病很想早日回家园，想着城内衣食无着的流浪百姓，我愧对薪俸钱。听说你想要来看望询问我，长盼你来西楼望月，月儿已经几回圆。

【赏析】

这是一首向友人倾吐政治抱负和矛盾心理的诗，写于诗人出任滁州刺史的第二年春。诗追述去年上任之初在百花盛开的大好春光中与友人相逢又分别，到今日群芳争艳正好又是一年。颔联宕开一笔，感慨世事茫茫，难以预料，故而愁思扰扰，孤独成眠；颈联进一步状写自己的矛盾心理，体衰多病，本想退隐故里家园，但面对滁州城常有流亡的百姓，又觉愧对俸钱。诗人听说友人要来看望，每登西楼凝望，默默期待，不觉数月，月亮圆了几回，友人还是没有来。于是，诗人便赋此诗寄二位友人。

江　村

杜　甫

清江〔1〕一曲抱村流〔2〕，长夏江村事事幽〔3〕。
自去自来梁上燕，相亲相近水中鸥。
老妻画纸为棋局〔4〕，稚子敲针作钓钩〔5〕。
多病所须唯药物，微躯此外更何求〔6〕。

【注释】

〔1〕清江：指岷江的支流锦江，流经成都西郊的一段名浣花溪。

〔2〕一曲：指江水转弯处。

〔3〕幽：幽静，安闲。

〔4〕画纸：在纸上画棋盘。

〔5〕稚子：幼子。

〔6〕微躯：微贱的身体。

【译文】

一弯清清的江水环抱小村而流，江村的夏天处处安谧清幽。梁上有飞来飞去的燕子，水中有相亲相爱的白鸥。老妻在纸上画棋盘，小儿在敲针做鱼钩。年老多病的我所需要的唯是药物，微薄的身躯除此之外还有什么要求。

【赏析】

这首诗是诗人在成都西郊草堂的生活纪实，也是江村夏景的题咏。肃宗上元元年(760)，杜甫经过长达4年的流亡生活，举家来到成都，并在西郊营建数间简陋的草堂。长期的颠沛流离之后，能得一个栖身之所，闲情雅致也自然流露出来。诗中正是以这种表面上的满足衬托心中抑郁和不满。首联写幽静的环境；颔联借“梁上燕”和“水中鸥”写居所的乐趣；颈联写老妻幼子，衬托自己的生活氛围；末联借事抒情。古代诗词评论家评论此诗是“以乐境写哀，以哀境写乐，一倍增其哀乐”。

积雨辋川庄作

王　维

积雨空林烟火迟〔1〕，蒸藜〔2〕炊黍〔3〕饷〔4〕东菑〔5〕。
漠漠水田飞白鹭〔6〕，阴阴〔7〕夏木啭黄鹂〔8〕。
山中习静〔9〕观朝槿〔10〕，松下清斋〔11〕折露葵〔12〕。
野老〔13〕与人争席罢〔14〕，海鸥何事更相疑〔15〕。

【注释】

〔1〕烟火迟：烟火缓缓上升。
〔2〕藜：野菜名。
〔3〕黍：黍子，北方称为黄米。
〔4〕饷：送饭。
〔5〕菑：除过草的禾苗。
〔6〕漠漠：田水泛起的样子。
〔7〕阴阴：浓绿成荫。
〔8〕啭：鸟婉转地鸣叫。
〔9〕习静：习惯于幽静。
〔10〕朝槿：木槿花。
〔11〕清斋：素食。
〔12〕露葵：带着露水的葵菜。

〔13〕野老：野居山林的老人，这里是诗人自称。

〔14〕争席罢：不再争座次。

〔15〕海鸥：这是《列子》中“鸥鸟忘机”的典故。意在旁人要疑心自己，未免太多心了。

【译文】

连雨时节，丛林上空炊烟缓缓升起，农家煮好藜黍送去东边的庄稼地。广阔迷茫的水田上飞翔着白鹭，碧荫深幽的树林里传来黄鹂婉转的歌声。我久居山中习惯于静观槿花朝开暮落，坐在松树下把摘带露的葵叶供清斋素食。我早已不跟人争席了，旁人为何还要对我质疑呢？

【赏析】

这首诗是诗人隐居辋川别墅时所作，是他田园诗的代表作。全诗描绘了辋川庄雨中秀美的风景，反映了诗人隐居生活中的乐观情趣。前四句写积雨时节。空寂的丛林中炊烟缓缓升起，妇女们正在蒸藜炊黍，准备给锄草的农夫们送饭，水田间的飞鹭、夏木枝头的黄鹂都受到雨的洗礼。后四句写隐逸之情。独居空山之中，参木槿而悟人生之短促，栖松林之下，清斋素食，采露葵为美餐。最后暗用典故，表达了与世无争的旷达情操。全诗写来风景如画，意境淡雅脱俗。

新　竹

陆　游

插棘编篱谨护持[1]，养成寒碧[2]映涟漪[3]。
清风掠地[4]秋先到[5]，赤日行天午不知[6]。
解[7]箨[8]时闻声簌簌[9]，放梢[10]初见影离离[11]。
归闲[12]我欲频来此[13]，枕簟仍教到处随[14]。

【注释】

〔1〕棘：荆棘。

〔2〕寒碧：因碧玉晶莹透凉，故称寒碧。

〔3〕涟漪：微小圆形的波纹。
〔4〕掠地：拂地。
〔5〕秋先到：提前领略到。
〔6〕赤日行天：指正午时分。
〔7〕解：竹笋拔节。
〔8〕箨：即笋壳。
〔9〕簌簌：风吹竹动发出的声音。
〔10〕放梢：指新竹长出新枝。
〔11〕离离：竹影散乱的形象。
〔12〕归闲：告老归乡闲居。
〔13〕频：常常，屡次。
〔14〕枕簟：即枕头和竹席。

【译文】

拿荆条编成篱笆小心地保护，培养成翠绿阴凉倒映在水波。清风掠过地面秋天提前来到，太阳当顶也不觉得夏日炎炎。笋壳脱落时常可听到簌簌声响，抽枝刚刚出梢可看到竹影散乱迷离。回来空闲时我想经常来到这里，随带枕头和竹席到处都可休息。

【赏析】

这首诗亦名《东湖新竹》，全诗突出描写夏日竹林的幽静、清凉。首联从对刚栽竹林的"谨护持"，到"养成"后有"寒碧映涟漪"的趣味；颔联写微风拂地，秋风清爽宜人，烈日当空而竹林幽凉清爽；颈联写竹笋脱壳时发出簌簌之声，长枝拔节时竹影疏密有致；末联抒发感慨，并设想告老归乡闲居时便有时间常来此地纳凉了，带着枕头和竹席，随处都可偃卧休憩。全诗围绕"新竹"这个主题，描写竹林"养成"的经过和凉爽宜人的环境，抒发了对大自然的热爱和对美好事物的向往。

秋　兴（一）

杜　甫

玉露[1]凋伤枫树林[2]，巫山巫峡气萧森。
江间波浪兼天涌，塞上[3]风云接地阴[4]。
丛菊两开他日泪[5]，孤舟一系故园心。
寒衣处处催刀尺[6]，白帝城[7]高急暮砧[8]。

【注释】

〔1〕玉露：白露。

〔2〕凋伤：摧残。

〔3〕塞上：北方边塞，此指险峻之地。

〔4〕地阴：地面的寒气。

〔5〕两开：两度开放。

〔6〕催刀尺：赶裁新衣。

〔7〕白帝城：在今四川奉节县城外的山上，当年刘备向诸葛亮托孤之地。

〔8〕暮砧：傍晚捣衣声。

【译文】

白玉般的霜露使枫叶凋零，巫山巫峡的气象萧瑟阴森。江中的波涛汹涌澎湃，与天连成一片，边塞上的风云笼罩大地一片阴沉。菊花已开两度我却还身在异乡像去年一样抹着思乡泪，孤舟一系泛起思乡的心情。为赶制寒衣家家户户都操刀拿尺，傍晚高高的白帝城传来急促的捣衣声。

【赏析】

组诗“秋兴”作于唐代宗大历元年(766)年秋，杜甫流入于四川奉节，因秋兴感，百忧交集。这首诗从大处落笔，写深秋的萧杀景象，白露风摧残了枫树，巫山巫峡冷漠阴森。峡底江水咆哮回旋，白浪滔天，深谷水雾迷蒙，云愁风惨。今日看到菊花又开，竟把菊花上的露珠看作是积蓄已久的泪水，登上孤舟却魂牵故乡，心系长安。家家户户都在为自家外出服役的人赶裁寒衣，傍晚地处高山上的白帝城也能听到捣衣的声音(古时赶制寒衣先把布帛放在砧上捶捣)。全诗从景物着笔，渲染了深秋的萧杀之气，抒发了心系故园的漂泊之感。

秋　兴（二）

杜　甫

千家山郭静朝晖〔1〕，日日江楼坐翠微〔2〕。
信宿渔人还泛泛〔3〕，清秋燕子故飞飞。
匡衡抗疏功名薄〔4〕，刘向传经心事违〔5〕。
同学少年多不贱〔6〕，五陵〔7〕裘马自轻肥〔8〕。

【注释】

〔1〕山郭：村落和靠山的城郭。

〔2〕翠微：指山色青黛之处。

〔3〕信宿：古代称二宿以上为信宿。

〔4〕匡衡抗疏：汉成帝时匡衡上书直言议政。

〔5〕刘向传经：汉宣帝时刘向受命传授《穀梁传》，并讲论“五经”。

〔6〕不贱：即显贵。

〔7〕五陵：汉代皇帝的陵墓。

〔8〕轻肥：轻裘肥马。

【译文】

秋天的早晨，阳光明媚千家村落寂静，每天坐在江楼上观看青绿的山水景色。隔宿打鱼的渔民还泛舟江中，清秋时节燕子未归依然飞来飞去。匡衡上疏直谏反落个贬官降职，刘向上书传授经书，而事与愿违。年轻时的同学多半当了大官，轻裘肥马在五陵里炫耀显威。

【赏析】

诗人被贬流亡蜀地，在成都无依无靠，又沿江东下，一路之上，仍为亡国之事忧心，这首诗前四句写景，后四句集中抒发壮志难酬之情。写景选取了“村郭”幽静，坐望“翠微”，渔夫泛舟，燕子频繁飞动等画面，衬托了怀

归之情。抒怀时引用了匡衡、刘向两个典故，或反喻，或正比，感叹自己空怀报国之心，暗讽“轻裘肥马”者的恣行之态。全诗承第一首意境而来，观眼前之景物，思长安而抒怀。

月夜舟中

戴复古

满船明月浸虚空〔1〕，绿水无痕夜气冲〔2〕。
诗思浮沉樯影里〔3〕，梦魂摇曳橹声中。
星辰冷落碧潭水，鸿雁悲鸣红蓼风〔4〕。
数点渔灯依古岸，断桥垂露滴梧桐。

【注释】

〔1〕浸虚空：月光如水，如浸在空中。

〔2〕痕：诗中指波纹。

〔3〕樯影：帆影。

〔4〕红蓼风：指红花开放时的秋风。

【译文】

小船载满月光好像沉浸在虚空中，绿水动荡无痕，夜间凉气暗冲。诗兴在樯桅身影中沉浮不定，不能入梦，心魂在橹桨声里飘荡不宁。星光冷清映照在碧绿的潭水里，秋晨，鸿雁悲鸣于绯红的蓼花风中。几只船儿依傍在古岸边，断桥残破，夜露滴上梧桐。

【赏析】

这是一首秋夜泛舟吟月的抒情诗，诗中以“月”和“舟”为题，抒发了闲淡寂寥的情怀。诗中写道：满船沐浴着月光，明月浸润在空中，水面碧绿如镜，夜气袭人。诗兴感发像水中的帆影那样起伏不定，梦魂萦绕像橹声那样摇摆不停。稀疏的寒星倒映在幽深的潭水里，鸿雁的哀鸣掠过在秋风中抖擞的红蓼花。渔船上点点灯火映照着古岸，断桥边传来滴滴露珠拍打梧桐叶的声音。全诗情景交融，意境悠远，闲淡清雅。

中　　秋

李　朴

皓魄当空宝镜升[1]，云间仙籁寂无声[2]。
平分秋色一轮满，长伴云衢千里明[3]。
狡兔空从弦外落[4]，妖蟆休向眼前生[5]。
灵槎拟约同携手[6]，更待银河彻底清[7]。

【注释】

〔1〕皓魄：指月光。

〔2〕仙籁：空中的声音。

〔3〕云衢：喻云海中月亮运行的轨道。

〔4〕狡兔：喻月宫。

〔5〕妖蟆：传说蟆能食月亮魂魄，故称妖蟆。

〔6〕灵槎：槎，竹木伐，传说汉时有人乘槎去天河，与牛郎织女相会。

〔7〕更待：须等待。

【译文】

一片清光满空，皎洁的月亮腾起，云中的仙风寂寥无声息。中秋节平分秋天，今夜月儿满圆，沿着云衢运行明亮千里无边际。能生月光的狡兔不要被弓箭射落，会吃月魄的妖蟆不要从眼前跳出。约定乘坐仙人的筏子泛舟天河携手共守游，等到云散，银河更加澄澈清明。

【赏析】

作者李朴，北宋诗人，其诗构思新奇，幻想妙灵。这首诗以“中秋”为题，并未在赏月上落笔，而是通篇为月亮而咏颂。诗中借用神话传说，展开神奇的想象，描画出一轮理想的圆月，表达了对光明和美好前景的向往。

九日蓝田会饮

杜　甫

老去悲秋强自宽[1]，兴[2]来今日尽君欢[3]。
羞将短发还吹帽[4]，笑倩[5]旁人为正冠[6]。
蓝水远从千涧落[7]，玉山高并两峰寒[8]。
明年此会知谁健[9]，醉把[10]茱萸仔细看[11]。

【注释】

〔1〕强自宽：勉强自慰。

〔2〕兴：兴致

〔3〕尽君欢：尽情与你欢娱。

〔4〕吹帽：东晋大将桓温九月九日在龙山宴请，参军孟嘉的帽子被风吹落，桓温令人为文嘲之。

〔5〕倩：请托。

〔6〕正冠：将帽子扶正。

〔7〕蓝水：蓝田溪水。

〔8〕玉山：蓝田盛产玉石，故称玉山。

〔9〕此会：这样的聚会。

〔10〕把：持。

〔11〕茱萸：植物名，有浓香，古时重阳节须佩茱萸，以避邪消灾。

【译文】

年老更悲秋，强打精神自宽自慰；今天重阳兴致来，要与你纵情尽欢。人老了，羞的是帽子被风吹落露出短发；强颜欢笑，相托旁人帮我正正冠。蓝水远来，千涧骤落奔泻；玉山高耸，两峰并峙凝寒。明年今天的聚会知道谁还健在，醉中拿着茱萸端详把玩。

【赏析】

今日是指阴历九月初九的重阳节。《易经》中将“九”定为阳数，两九相重为“重九”，月日并阳，两阳相重为“重阳”。相传古时有个叫桓景的人，为战胜当时流行的瘟疫，访仙求道，遇上仙人费长房，仙人告诉他必须在九月九日这天全家登上高山，插上茱萸叶，喝菊花酒，这样才能避开瘟疫。待他这样登山回家后，果然家中鸡犬尽死，人得以幸免。所以民间有重阳登高，赏菊饮酒，遍插茱萸等习俗。蓝田，即今陕西蓝田县。此诗写于乾元元年(758年)，诗人重阳节时在崔氏庄园饮宴，而当时他因直言得罪权贵，由左拾遗贬为华州司功参军，因而在诗中反映了他因政治上遭到排挤的苦闷心情。题一作《九日蓝田会饮》。

秋　思

陆　游

利欲〔1〕驱人万火牛〔2〕，江湖浪迹一沙鸥〔3〕。
日长似岁〔4〕闲方觉〔5〕，事大如天醉亦休〔6〕。
砧杵敲残深巷月〔7〕，井梧摇落故园秋。
欲舒老眼无高处〔8〕，安得元龙百尺楼〔9〕。

【注释】

〔1〕利欲：追求物质利益的欲望。

〔2〕万火牛：即“火牛阵”，指众人。

〔3〕浪迹：到处漂泊。

〔4〕日长似岁：度日如年。

〔5〕方觉：才能觉悟。

〔6〕休：放下。

〔7〕残：渐渐稀落的声音。

〔8〕舒：舒展，放眼。

〔9〕三国时魏人陈登(元龙)豪放不羁，客至，自己睡上等大床，让客人睡小床。刘备评价他“如小人，欲卧百尺楼上”。此处反喻自己。

【译文】

利欲驱人像一万条火牛急冲直奔，不如做一只沙鸥浪迹江湖逍遥游。闲暇时才觉得度日如年，纵然是天大的事情也一醉罢休。听砧杵声声敲捣，直到深巷里冷月残落，望梧叶纷纷落下，才知家园中秋光先透。想要舒一舒老眼看一看秋景却找不到高的地方，哪里有陈元龙那样的百尺高楼？

【赏析】

这是写于秋天的感怀诗。诗人看国家民族面临危机，而赵宋王朝力主议和，苟且偷安，不思恢复中原大计。诗人借秋日抒怀，表达自己“报国有心，请缨无路”的愤闷心情。全诗没有一个“思”字，却句句都在“思”中：因“思”不为利欲驱使，因“思”悟出时光流逝，因“思”能万缘放下，因“思”秋夜不能寐，因“思”心比眼高。

冬　景

刘克庄

晴窗[1]早觉爱朝曦[2]，竹外秋声[3]渐作威[4]。
命仆安排新暖阁[5]，呼童熨贴旧寒衣[6]。
叶浮嫩绿酒初熟[7]，橙切香黄蟹正肥。
蓉菊[8]满园皆可羡[9]，赏心从此莫相违[10]。

【注释】

〔1〕晴窗：窗外发白。
〔2〕朝曦：清晨的阳光。
〔3〕秋声：秋天特有的声音，如落叶声、虫鸣声。
〔4〕威：响亮。
〔5〕暖阁：安炉取暖的楼阁。
〔6〕熨贴：把衣服烫平整。
〔7〕嫩绿：指酒色如竹叶。
〔8〕蓉菊：木芙蓉和黄菊花。
〔9〕可羡：值得观赏。
〔10〕赏心：使心中愉悦。

【译文】

喜爱朝曦的窗子早早醒来，窗外的竹林中传来的各种秋声渐渐喧闹起来。主人使唤仆人在小阁间安炉取暖，呼唤小仆人把冬衣提前烫平。沏好嫩绿的茶水，斟满新酿的美酒，切开清香扑鼻的黄橙，品尝着肥美的秋蟹。芙蓉和菊茶满园，都值得细细观赏，这种赏心悦目的时光千万不要错过。

【赏析】

诗以“冬景”为题，实是描写晚秋初冬之景。全诗按时间顺序，一气呵成，先写景，再叙事，最后一句抒怀，戛然而止。

小　至

杜　甫

天时人事日相催，冬至阳生春又来[1]。
刺绣五纹添弱线，吹葭六管动灰飞[2]。
岸容待腊将舒柳，山意冲寒欲放梅。
云物不殊乡国异[3]，教儿且覆掌中杯。

【注释】

〔1〕阳生：从冬至开始，太阳从北回归线向南移，天气转暖。

〔2〕葭：芦管。古代用芦管吹灰测定冬至节，冬至前吹之灰飞向下，冬至后反之。

〔3〕云物：景象。

【译文】

四时变幻，人事兴替相互催迫，冬至过后天气转暖，春天又将来临。绣花女每天都在添针加线，芦管吹灰飞向上天测知冬至已到。等到腊月过后堤岸上杨柳将舒展枝条，山中吹出寒风且让梅花开放。这里的景物和故乡没什么两样，且和孩子们一起饮尽这杯酒吧！

【赏析】

这首诗是杜甫晚年的作品。杜甫晚年移家川东，父子天各一处，年复一年求归不得，故于冬至节即兴赋诗，抒发“天时人事日相催”的情怀。这首诗情景交融，憧憬和忧思同在。

送毛伯温

明世宗

大将南征胆气豪，腰横秋水雁翎刀。
风吹鼍鼓山河动[1]，电闪旌旗日月高。
天上麒麟原有种[2]，穴中蝼蚁岂能逃。
太平待诏归来日[3]，朕与先生解战袍[4]。

【注释】

〔1〕鼍鼓：扬子鳄（鼍）皮做的鼓。
〔2〕麒麟：传说的吉祥动物。
〔3〕待诏：等待皇帝的诏书。
〔4〕先生：即毛伯温。

【译文】

大将军征伐安南叛军豪气逼人，士气高涨，腰间的雁翎刀如秋水映照，寒光闪闪。风吹鼍鼓声壮山河，军中战旗尤如闪电猎猎。你是天上的麒麟，本来就有来历，那些叛军犹如洞穴中的蝼蚁，哪里逃得掉。等到平定叛乱班师回朝的时候，我要为你亲解战袍。

【赏析】

作者为明世宗朱厚熜。这首诗是明嘉靖时因安南谋反，皇帝命南宁毛伯温征讨，临行作这首诗以赠，以壮行色。全诗气爽意豪，鼓舞性强，不失为王者风范。

梅　花

林　逋

众芳摇落独暄妍[1]，占尽风情向小园。
疏影横斜水清浅，暗香浮动月黄昏。
霜禽欲下先偷眼[2]，粉蝶如知合断魂。
幸有微吟可相狎[3]，不须檀板共金樽[4]。

【注释】

〔1〕暄妍：形容丽日下的梅花显得格外鲜艳、美好。

〔2〕霜禽：指天空中飞翔的白鹤。

〔3〕相狎：这里指亲近的意思。

〔4〕檀板：用檀木做的拍板，演奏时用来打拍子。

【译文】

百花凋谢只有你分外妖艳，占尽小园里百花的风头。疏落的影子横斜地映在清清的浅池中，幽淡的香气浮动在月下朦胧的黄昏时。空中飞翔的白鹤想要飞下来先偷看一眼，如果蝴蝶知道了一定也会如醉如癫。幸好我能写点小诗可同你相亲近，哪里需要金樽美酒与清歌檀板。

【赏析】

林逋(967－1028)，字君复，号和靖先生，宋钱塘(今浙江杭州)人，他是北宋的名士，一生布衣，无妻无子，在西湖孤山隐居二十余年，喜爱梅花与鹤，被后人称为“梅妻鹤子”。该诗描写了梅花超凡脱俗、清雅高洁的形象，同时也是诗人超凡脱俗的写照。其中“疏影横斜水清浅，暗香浮动月黄昏”是写梅的名句，后来南宋姜夔就以此两句中的“疏影”、“暗香”作为咏梅的词牌。

左迁至蓝关示侄孙湘

韩　愈

一封〔1〕朝奏九重天〔2〕，夕贬潮阳路八千〔3〕。
本为圣朝除弊政，敢将衰朽惜残年〔4〕。
云横秦岭家何在？雪拥〔5〕蓝关马不前〔6〕。
知汝远来应有意〔7〕，好收吾骨瘴江边〔8〕。

【注释】

〔1〕一封：指谏书。

〔2〕九重天：指皇宫。

〔3〕潮阳：今广东潮阳县。

〔4〕衰朽：作者自喻。

〔5〕雪拥：大雪满路。

〔6〕蓝关：蓝田关。

〔7〕汝：指韩愈侄孙韩湘。

〔8〕瘴江：指有瘴气的潮阳一带。

【译文】

早上才把谏书呈奏给高高在上的皇帝，晚上就被贬往八千里外的潮阳。本意是为了圣朝除去弊政，哪里敢珍惜老命不声不响。秦岭云雾密布不知家在何方，蓝关满是积雪马儿前行困难。知道你远道相送必有所想，好在瘴江边为我收尸。

【赏析】

此诗是韩愈谏迎佛骨遭贬途中写给其侄孙韩湘的。诗的前四句述叙自己早上进谏、晚上就遭贬的经过，并以“九重天”、“路八千”等词极力修饰，说明自己一天内遭遇的巨大变革，颇有不平之气。后四句描写自己遭贬途中的艰难险阻，以及未到潮阳时就已心灰意冷、生死未卜的迷惘心情。叙议结合，情景交融，抒发了自己远离京城遭受磨难的凄恻之情，这是一首千古传唱的名篇。

春　晓

孟浩然

春眠[1]不觉晓[2]，处处闻啼鸟。
夜来风雨声，花落知多少？

【注释】

〔1〕眠：睡。

〔2〕晓：天亮了。

【译文】

春天睡醒时不觉天已大亮，到处是鸟儿清脆婉转的叫声。想起昨夜的风雨声，花儿不知被打落多少？

【赏析】

“一年之计在于春”，春天是历代诗人吟咏最多的季节，此诗更是家喻户晓、妇孺皆知的名作。孟浩然是著名的田园诗人，他在此诗中描述自己一夜酣睡，等醒来时天已大亮，外面百鸟啼鸣，春意盎然，诗人忽然又想到昨夜的风雨不知吹落了多少花儿！诗人通过听觉、感受来描写百花盛开、万紫千红的灿烂春色，巧妙地抒发了自己的惜春、恋春之情，其笔法、构思、境界都别具一格。

送郭司仓

王昌龄

映门淮水绿[1]，留骑主人心[2]。
明月随良掾[3]，春潮夜夜深。

【注释】

〔1〕淮水：安徽淮河。

〔2〕留骑：挽留骑马的人，指郭司仓。

〔3〕掾：唐代州刺史下官吏的通称。这里指郭司仓。

【译文】

碧绿的淮水映着屋门，我多想留你在此。明月代我为好官送行，我对你的思念如春潮一浪高过一浪。

【赏析】

这是一首送别诗，首句写送别的地点。第二句写自己对友人依依不舍的情怀。第三句点明送行时间——月夜，同时赞美郭司仓是好官。尾句以春潮设喻，更显出对友人的深厚情谊。描绘了一幅月夜送友、情深意长的感人画面。

洛阳道

储光羲

大道直如发，春日佳气[1]多。
五陵贵公子[2]，双双鸣玉珂[3]。

【注释】

〔1〕佳气：美丽的风景。

〔2〕五陵：即汉代长陵、安陵、阳陵、茂陵、平陵五座陵墓。这里借指贵族聚居地。

〔3〕玉珂：马勒上的玉饰品。

【译文】

大道平直如长发，春光好，风景多又美。五陵的公子哥儿结伴游春，一对对骑着骏马玉佩儿叮当响声脆。

【赏析】

储光羲写过不少田园诗，诗风清新质朴。该诗是《洛阳道五首献吕四郎中》中的第三首，全诗描绘了贵族公子三三两两骑马出城踏青游春的华丽场面，从玉器的撞击声里让人联想到贵公子们悠然自得的神态，生动形象的刻画使此诗显得含蓄蕴藉，颇具匠心。

独坐敬亭山

李　白

众鸟高飞尽，孤云独去闲[1]。
相看两不厌[2]，只有敬亭山。

【注释】

〔1〕闲：悠闲的样子。

〔2〕相看：指作者自己和敬亭山互相观望。作者在这里将敬亭山拟人化。

【译文】

群鸟高飞不见踪影，一片孤云也独自悠闲。两相对看不生烦厌，只有我和这默默无言的敬亭山。

【赏析】

作者构思巧妙想象奇特，赋予山水景物以生命，将敬亭山拟人化，写得十分生动。群鸟已去，孤云悠飘，衬出敬亭山的清高脱俗。说自己与山“相看两不厌”，表明自己与山相知，宁愿忍受孤单，也不愿趋炎附势的高尚品德。全诗表现手法巧夺天工，颇为奇特。

登鹳鹊楼

王之涣

白日依山尽，黄河入海流。
欲穷千里目[1]，更上一层楼。

【注释】

〔1〕穷：穷尽。

【译文】

太阳沿着山峦西沉，黄河向着大海奔腾。想要远看千里宏图，得再登上高楼一层。

【赏析】

此诗作者在前两句以飞动的笔法极力描绘了登上鹳鹊楼后见到的壮观场面：白日落山，黄河入海，对仗极为工整。下两句颇具哲理，万事万物，只有站得高，才能看得远，这也就是该诗的精华所在。

伊州歌

盖嘉运

打起黄莺儿[1]，莫教枝上啼。
啼时惊妾梦[2]，不得到辽西[3]。

【注释】

〔1〕打起：赶走。

〔2〕妾：古代女子谦称。

〔3〕辽西：辽河以西。

【译文】

快赶走黄莺鸟，不要让它在枝头啼叫。惊扰了我的好梦，让我不能到辽西与丈夫相会。

【赏析】

盖嘉运，晚唐西凉节度使，生平不详。此诗，构思巧妙，情真意切。诗中写道：不要让那树枝上的黄莺儿叽叽喳喳吵个不停，吵得我不能在梦里去辽河以西与我戍守边防的丈夫相会！该诗生动地描绘了妇女思念远方丈夫的内心活动，诗意缠绵隽永，一气呵成，兼具民歌风格，真实感人。

左掖梨花[1]

丘　为

冷艳全欺雪[2]，余香乍入衣[3]。
春风且莫定[4]，吹向玉阶飞[5]。

【注释】

〔1〕左掖：唐代门下省官署，因在宫殿左侧，所以称左掖。

〔2〕欺：压过，超过。

〔3〕乍：刚刚。

〔4〕定：停。

〔5〕玉阶：宫殿的白色石阶。

【译文】

她冷艳美让雪花自惭，溢出的芳香瞬间就沾满衣裳。春风啊你且不要停息，请把她送到玉阶上。

【赏析】

丘为(701—796)，嘉兴(今江苏嘉兴县)人，天宝初年进士，官至太子右庶子，他与王维、刘长卿等都是好友。其诗多写田园风光，风格飘逸。他在这首诗中含蓄地表达了希望施展抱负的愿望。诗人先描写梅花的高洁芳香胜过皎洁的白雪，继而希望和煦的春风将梅花的幽香吹向皇宫的玉阶前，得到君主的赞赏。作者在这里以梨花的幽香自喻，巧妙地表达了自己欲学有所用、大展鸿图的理想。

题袁氏别业

贺知章

主人不相识，偶坐为林泉[1]。
莫谩愁沽酒[2]，囊中自有钱。

【注释】

〔1〕林泉：指袁氏林园(别业)的林泉。

〔2〕谩：空自。

【译文】

我和主人素不相识，为观看林泉美景偶然闲坐在一起。不要为无钱买酒而发愁，我的衣袋中还有钱呢。

【赏析】

贺知章的诗清新畅达、不拘一格，这一首就充分体现了这种风格。诗人在袁氏园林见到林泉美景，舍不得离去，虽然与主人袁氏素昧平生，却愿意掏钱买酒，与主人在美景之中推杯换盏，诗人坦荡潇洒的形象呼之欲出。全诗写的虽是诗人游览中的一个小小片段，却清新脱俗，有滋有味，朴素自然，富于生活情趣。

夜送赵纵

杨　炯

赵氏连城璧[1]，由来天下传。
送君还旧府[2]，明月满前川。

【注释】

〔1〕连城璧：比喻作者友人赵纵。

〔2〕旧府：指赵纵的故乡山西，古属赵国，也是连城璧的产地。

【译文】

赵氏像那连城璧一样宝贵，美名早已传扬天下。今夜我送你回故里，明月照满河流伴你行。

【赏析】

杨炯(650－692)，华阴(今陕西华阴县)人，官至盈川令，是“初唐四杰”之一，诗风雄健激扬，一扫六朝浮靡之气。这是一首送别诗，写得精巧别致。诗人送友人赵纵回山西，于是将赵纵比喻成赵国的连城璧，十分贴切。最后一句既点明了送别的时间，又寄托了诗人对友人深深的祝福。

竹里馆

王　维

独坐幽篁里[1]，弹琴复长啸[2]。
深林人不知，明月来相照。

【注释】

〔1〕篁：竹林。

〔2〕长啸：这里指吟咏。

【译文】

独坐在幽静的竹林，弹一曲清音，发几声长啸。身在深林没有人知道，只有皎洁的明月来相伴相照。

【赏析】

王维是著名的山水诗人，他在这首小诗中，以高超的笔法描绘出一种清静幽深的境界：在一片宁静的月光里，诗人独自一人坐在竹林中弹琴吟咏，超然自得、物我两忘。幽深的竹林中只有一轮明月，伴他吟咏歌唱，其乐无穷。苏轼曾说王摩诘（维）诗中有画、画中有诗，所言极是。

送朱大入秦

孟浩然

游人五陵去[1]，宝剑值千金。
分手脱相赠[2]，平生一片心。

【注释】

〔1〕五陵：借指长安。

〔2〕脱：这里指摘下。

【译文】

朱大要回长安去了，我的宝剑价值千金。临别时摘下赠给你，寄托着我的深情厚意。

【赏析】

古代人离家远游常佩戴宝剑，诗人的朋友朱大要回长安，诗人在临别时赠以宝剑以作留念，表明自己与朋友的情意远不止千金可敌。最后一句“平生一片心”，道出了诗人对朋友的深厚感情，千言万语，尽在其中。古时舟车不便，一别三年五载，因此赠别一直是古人吟咏得最多的题材。

长干曲[1]

崔 颢

君家住何处？妾住在横塘[2]。
停船暂借问，或恐是同乡[3]。

【注释】

〔1〕长干曲：乐府诗旧题。
〔2〕横塘：在今南京。
〔3〕或恐：也许，可能。

【译文】

请问你的家住在什么地方？我的家住在横塘。暂且停船来询问，或许咱俩是同乡。

【赏析】

此诗是船中的男女在江上对话的情景，一位少女大胆地向江上另一条船中的男女打听对方的家乡，还没等对方回答，又急切地说出自家在横塘，急切之情跃然纸上，接着少女又急忙解释："我这样问是想知道你家是不是也在横塘。"诗中刻画了少女期盼的神态，表现出浓浓的乡情。至此，全诗趣味立刻凸现出来。

逢侠者

钱 起

燕赵悲歌士[1]，相逢剧孟家[2]。
寸心言不尽，前路日将斜。

【注释】

〔1〕悲歌士：慷慨悲歌的豪侠之士。
〔2〕剧孟：汉代洛阳人，以慷慨侠义名闻于世。

【译文】

燕赵两地勇猛仗义的豪侠，相逢在剧孟的家院。知心的话儿说不完，分别时已到傍晚。

【赏析】

封建社会有许多路见不平、拔刀相助的豪侠之士，这首诗就是作者遇到豪侠之士后的赠别诗。开头两句，作者以高昂的笔调叙说两人相逢于洛阳，后两句描述了两人见面后甚为投机，可太阳快要落山，无奈只好握手言别，表达了两人一见如故的情谊，也透视出作者对封建社会不平之事的无奈。

江行无题

钱　珝

咫尺愁风雨[1]，匡庐不可登[2]。
只疑云雾窟[3]，犹有六朝僧[4]。

【注释】

〔1〕咫尺：形容距离很近。
〔2〕匡庐：庐山。
〔3〕窟：石洞。
〔4〕六朝：指吴、晋、宋、齐、梁、陈。

【译文】

近在咫尺却苦于被风雨所阻，眼前的庐山暂时无法攀登。猜想那云雾缭绕的山洞，恐怕还有六朝时的高僧在修行吧。

【赏析】

钱珝，字瑞文，唐昭宗乾宁六年进士，官至中书舍人，代表作有《江行无题一百首》，本诗为其中第六十九首。庐山在江西省鄱阳湖畔，长江之滨，自古以来都是我国风景胜地，东晋时，高僧慧远曾在此主持名刹东林寺。诗人因有风雨无法登山，在雨中望着蒙蒙的庐山，不禁浮想连翩：那时隐时现、云雾缭绕的石洞中，或许还有六朝时的高僧在里面修禅吧！诗人从虚处下笔，使该诗显得神完气足，颇富神韵。

答李浣

韦应物

林中观易罢[1]，溪上对鸥闲[2]。
楚俗饶[3]词客[4]，何人最往还[5]？

【注释】

〔1〕易：《易经》。
〔2〕对鸥：两只鸥鹭。
〔3〕饶：富饶，这里形容多。
〔4〕词客：工于文辞之人。
〔5〕往还：交往。

【译文】

我在树林中读完《周易》，悠闲地漫步江边观看水中的鸥鹭。楚地有许多工于文辞的诗人，你同什么人交往最密切？

【赏析】

李浣在楚地做官回来，写诗询问作者近况，作者就写这首诗回复。作者从景物入手，先叙述自己在近来闲适的生活，后转问李浣与楚地的哪些诗人交往最为密切，反映出诗人慎重交友、品质高雅的性情。此诗虽写的是最平常的答问之辞，但亲切自然，富有浓郁的生活气息。

秋风引

刘禹锡

何处秋风至，萧萧送雁群。
朝来入庭树[1]，孤客最先闻[2]。

【注释】

〔1〕庭：庭院中的树林。

〔2〕孤客：出门在外的人，作者自指。

【译文】

秋风从何处来？萧萧声里送走南飞的雁群。清晨吹落庭院里的树叶，最先听到的是我这独居异乡的诗人。

【赏析】

这是一首秋风诗，旅居异地的诗人对季节的变化十分敏感，诗人在秋风中看着南飞的雁群，听到萧萧风声，立刻意识到秋的到来，这一变化自然使他不胜思乡之愁，夜不能寐。全诗以秋风为题，借以表达游子旅居异地的思乡之情，笔法曲折，回味悠长。

秋夜寄邱员外

韦应物

怀君属秋夜[1]，散步咏凉天[2]。
山空松子落，幽人应未眠[3]。

【注释】

〔1〕君：指邱员外，即邱丹。

〔2〕咏：吟诗。

〔3〕幽人：指邱丹，当时他幽居临平山学道。

【译文】

在秋天的深夜里我想念着你，边散步边吟诗不管凉风阵阵袭来。空旷的山中松子随秋风坠落，朋友你还没入睡吧。

【赏析】

这是一首秋夜怀人诗，诗中头两句描述诗人在秋夜散步，吟诗怀念老友，后两句更进一步，想象友人在那幽静空旷的深山学道，夜这么深都还没有睡吧！诗人先写自己深夜不眠为后面的猜测进行铺垫，然后将两地连成一片，以自己的设想巧妙地表露对友人的思念之情，使该诗富于立体感。

秋日湖上

薛莹

落日五湖游[1]，烟波处处愁。
浮沉千古事[2]，谁与问东流。

【注释】

〔1〕五湖：指江苏太湖。

〔2〕千古事：春秋时期吴越争霸之事。

【译文】

迎着落日，荡舟太湖，烟波渺渺令我处处生愁。千古兴亡事在世间浮沉，水已东流谁还来问根由。

【赏析】

这是一首怀古悼亡诗。诗人泛舟太湖，看着眼前烟波浩渺的湖水，不禁想起吴越争霸的这段历史，越王卧薪尝胆，一举灭吴，这一沉一浮都已成为历史陈迹，如果不是今日泛舟湖上，谁还会想起这段往事呢？正是因为太湖与吴越有着密切联系，才使得诗人有这诸多感触，全诗流露出诗人对现实的不满和无奈。

寻隐者不遇

贾岛

松下问童子[1]，言师采药去。
只在此山中，云深不知处。

【注释】

〔1〕童子：隐者的小弟子。

【译文】

松树下询问童子，童子说师傅采药去了。就在这山中，只是云深雾浓不知他究竟在哪里。

【赏析】

访友不遇本是十分沮丧的事，诗人却在寻访中写出一首别具风味、颇有哲理的小诗，可见生活中无处不有诗，只要善于发现善于挖掘。诗人本欲拜会隐者，不料隐者的小弟子说师父已出门，去深山之中采药，却不知到底在哪座云雾缭绕的山峰之中。最后一句仅五字就点活了全诗。

汾上惊秋[1]

苏　颋

北风吹白云，万里渡河汾。
心绪逢摇落[2]，秋声不可闻。

【注释】

〔1〕汾上：汾水之上。汾水，在山西省，注入黄河。惊秋：眼观秋景，感慨万千，心绪不安。

〔2〕摇落：指秋天万木摇落的景象。

【译文】

北风吹着天上的白云，渡过汾河前程万里遥远。心绪不好又逢草木凋落，悲愁得萧瑟的秋声，不愿听闻。

【赏析】

苏颋(670 — 727)，字廷硕，京兆武功（今陕西武功县）人，武则天时进士，袭封许国公。汉武帝刘彻在游汾水时，曾作《秋风辞》，第一句即为："秋风起兮白云飞。"诗人在这里引用，因为他见到草木凋零、秋风萧瑟的景象时，同样有刘彻当时的感觉。诗中抒发了诗人不安的情绪，情景交融，含蓄委婉，但略有无病呻吟之感。

蜀道后期

张　说

客心争日月[1]，来往预期程[2]。
秋风不相待，先至洛阳城。

【注释】

〔1〕客心：游子思归的心情。

〔2〕预：预定。

【译文】

游子思归，日月可见，可临时有事误了预定好的行程。秋风急得不能等待，提前到了洛阳城。

【赏析】

张说(667－730)，字道济，洛阳人，武则天时授太子校书，是唐玄宗时的宰相，封燕国公。其文章十分有名，一反六朝浮靡绮丽之风，有《张燕公集》传世。文中写作者出使蜀地，本来日程都已安排好了，可因事情耽误了预定的日期，现在都到秋天了，秋风已经吹到了洛阳，人却还没有回去。诗人将秋风拟人化，责怪秋风不守信用，先行出发，故意和自己做对，这一手法使全诗显得生动有趣。

静夜思

李　白

床前明月光，疑是地上霜。
举头望明月[1]，低头思故乡。

【注释】

〔1〕举头：抬头。

【译文】

皎洁的月亮透过窗户洒落床前，好像地上结了层薄薄的霜。抬头凝望明月，想起远方的故乡，不禁低头陷入沉思。

【赏析】

这是首思乡名作，意境深远。诗人在床上半夜醒来，望着地上如水似霜的月色，情不自禁地想到自己孤身一人飘流四方，只好把思乡之情寄托于天上那一轮清冷的明月。诗人巧妙地通过抬头、低头的身体动作，表达出彷徨无助的思乡情绪。黄叔灿在《唐诗笺注》中评道："即景即情，忽离忽合，极质直却自情至。"沈德潜也说："旅中情思，虽说明却不说尽。"此诗深得诗中三昧。

秋　浦　歌

李　白

白发三千丈〔1〕，缘〔2〕愁似个长〔3〕。
不知明镜里，何处得秋霜〔4〕？

【注释】

〔1〕三千丈：诗人的夸张手法，形容白发很长很多。
〔2〕缘：因为。
〔3〕个：这样。
〔4〕秋霜：指白发。

【译文】

白发长约三千丈，因为忧愁这样长。我不知道镜中的我，是在哪里生出这秋霜似的白发？

【赏析】

诗人以浪漫主义的手法，夸张地描绘出自己看到白发、叹息光阴流逝的郁闷心情。诗人一生颠沛流离，走遍名山大川，一身才华无处施展，所以“郁于中而泄于外”，发而为诗，从而达到极高的艺术境界。王琦评此诗道：“起句怪甚，得下文一解，字字皆成妙义，寻非老手不能，寻章摘句之士，安可以语此！”

赠乔侍郎

陈子昂

汉廷荣[1]巧宦[2]，云阁[3]薄[4]边功[5]。
可怜骢马使[6]，白首为谁雄[7]？

【注释】

〔1〕荣：作动词用，使……荣耀。

〔2〕巧宦：投机取巧、善钻营的官吏。

〔3〕云阁：指云台和麒麟阁，俱建于汉代。

〔4〕薄：轻视。

〔5〕边功：指在边境保卫国家的功勋。

〔6〕骢马使：汉代桓典为侍御史，有威名，人称骢马御史。这里指乔侍御。

〔7〕雄：雄壮威武的样子。

【译文】

汉代朝廷只让善钻营的官吏得到荣耀，建功阁里也很轻视保卫边境的功臣。可怜骢马御史桓典，白发斑斑到底为了谁而逞雄呢？

【赏析】

陈子昂(661 – 702)，字伯玉，梓州射洪(今属四川)人，二十四岁即中进士，官至右拾遗，是初唐诗文革新人物之一，其诗风骨峥嵘，寓意深远，苍劲有力，有《陈伯玉集》传世。此诗借汉讽唐，批评唐王朝的用人不当和赏罚不明，以致他的好友乔侍郎怀才不遇。其实作者不仅在此为乔侍郎鸣不平，也是为自己在政治上屡受波折发泄内心的愤懑。全诗用典贴切，感情真挚自然。

答武陵太守

王昌龄

仗剑行千里[1]，微躯敢一言[2]。
曾为大梁客[3]，不负信陵恩[4]。

【注释】

〔1〕仗：依仗，这里指佩戴。

〔2〕微躯：古人自谦的称呼。

〔3〕大梁：古城名，在今河南开封西北部。

〔4〕信陵：指战国时的信陵君，他礼贤下士，有三千门客。

【译文】

我佩戴宝剑要远行千里，临别时我冒昧地进一言。在你这里我曾像是大梁的门客，决不辜负你像信陵君那样对待我的厚恩。

【赏析】

王昌龄准备离开武陵，太守设筵饯行，诗人就以此诗答谢太守。诗开头豪气十足，显示出全诗豪放的风格，第二句则表明自己对朋友的感情。最后诗人以信陵君的礼贤下士来比喻太守对自己的知遇之恩，同时，又表明自己不会辜负太守的殷殷期望。此诗风格雄健，以古喻今，一气呵成，反映出诗人精深的艺术功力和知恩图报的侠义心肠。

行军九日思长安故园

岑　参

强[1]欲登高去[2]，无人送酒来。
遥怜故园菊，应傍战场开。

【注释】

〔1〕强：勉强。

〔2〕登高：古人有九月九日重阳节登高的习俗。

【译文】

勉强打算登高去，没有人送酒来度重阳。遥想起故乡可爱的菊花，恐怕还依傍战场来开放。

【赏析】

九月九日登高与饮菊花酒是古时习俗，作者却在此日无精打采，勉强登高，又想起当年陶潜隐居庐山时，太守王弘派白衣人送酒之事，自叹不如。后两句是说安史的叛军已经攻到长安的故园，国难当头，故园里的菊花自不能保，而这也正是自己勉强登高、心情郁闷的原因。此诗构思缜密，通过菊花这一侧面写出了安史之乱时长安混乱不堪、民不聊生的社会现实。

婕 妤 怨

皇甫冉

花枝[1]出建章[2]，凤管[3]发昭阳[4]。
借问承恩者[5]，双蛾几许长[6]？

【注释】

〔1〕花枝：比喻得宠的美女。
〔2〕建章：汉代宫殿名。
〔3〕凤管：乐器，这里代指音乐。
〔4〕昭阳：汉代宫殿名。
〔5〕承恩：受恩得宠。
〔6〕双蛾：一双蛾眉。

【译文】

建章宫迎出如花似玉的美人，昭阳殿传来悠扬动听的乐声。敢问倍受皇宠的美人儿，你的双眉到底画得有多长呢？

【赏析】

皇甫冉(716－789)，字茂政，丹阳(今江苏丹阳人)，天宝年间进士，调无锡尉，大历时迁右补阙，其诗清新飘逸。诗人以一位失宠宫妃的内心活动来揭露封建帝王腐朽的宫廷生活，同时对失宠宫妃表示深切同情。

易水送别

骆宾王

此地别燕丹[1]，壮士发冲冠[2]。
昔时人已没[3]，今日水犹寒。

【注释】

〔1〕燕丹：战国时燕国太子丹。

〔2〕壮士：勇士，即荆轲。

〔3〕没：消失。

【译文】

荆轲在这里告别燕太子丹，为除强暴壮士他怒发冲冠。古代的勇士虽然已经逝去，今日的易水仍是奔流不息，水气令人心寒。

【赏析】

骆宾王(640－684?)，婺州义乌(今浙江义乌)人，历任长安主簿，后贬至临海县丞。他是“初唐四杰”之一，七岁即能赋诗。其诗格律严谨，风清神峻。这首诗是诗人与朋友在易水边分别时所作。诗中讲述了燕太子丹送荆轲刺杀秦王的历史故事，对荆轲的壮志未酬感叹不已。到第四句，诗人一下将时限移至“今日”，将古今在易水边发生的事巧妙联系起来，写得荡气回肠，将荆轲的慷慨形象描绘得淋漓尽致。

别卢秦卿

司空曙

知有前期在[1]，难分此夜中。
无将故人酒，不及石尤风[2]。

【注释】

〔1〕前期：作者与友人别后相会的日期。

〔2〕石尤风：行船时的当头逆风。

【译文】

虽然我明知后会有期，但今夜里还是难舍难分，不忍别离。这一杯老朋友的饯行酒，都抵不上那阻挡船行的逆风。

【赏析】

司空曙，字文明，广平(今河北永年县东南)人，生活于大历、贞元年间，曾举进士，为“大历十才子”之一，其诗朴素真挚，情感细腻。这是一首别诗。诗人明明知道和卢秦卿后会有期，可还是舍不得老朋友走，总是想方设法多留友人一会儿，无奈友人时间已定，诗人急了，便举起酒杯说：难道我这个老友挽留你的这杯酒，都抵不上那阻挡船行的逆风吗？此诗写得情真意切，构思新颖，诗人与友人的深厚情谊跃然纸上。

答　人

太上隐者

偶来松树下，高枕石头眠。

山中无历日[1]，寒尽不知年。

【注释】

〔1〕历日：历书，日历。

【译文】

偶尔来到松树下面，用石头垫头高枕而眠。山中没有纪年的日历，寒气已尽不知又是哪一年。

【赏析】

太上隐者，唐代的隐士，隐居于终南山，自称太上隐者，生平不详。当时有人问他有多少岁，他就说：我偶尔会来到松树下，头枕石头睡觉。深山中没有日历，所以到了寒气消失的时候，我都不知道是哪年哪月。我连自己都不知道自己的年纪，怎么回答你呢？诗人这里以自己的隐居生活和山中的节气变化，向人们展示了一位不食人间烟火的高人形象。

和晋陵陆承早春游望

杜审言

独有宦游人[1]，偏惊物候新[2]。
云霞出海曙，梅柳渡江春。
淑气催黄鸟[3]，晴光转绿苹[4]。
忽闻歌古调，归思欲沾巾[5]。

【注释】

〔1〕宦游人：离开家乡做官的人。
〔2〕物候：景物、气候。
〔3〕淑气：温和的气候。
〔4〕苹：水草，叶浮于水面上。
〔5〕沾巾：落泪打湿衣裳。

【译文】

只有远在异乡做官的人，才对季节气候的变化感到如此新奇。看曙色初现绚丽的云飘舞海面，梅花绽放枝头，杨柳吐露嫩芽，一片春意盎然。清新的空气催黄莺婉啭鸣叫，和煦的阳光映照浮萍草漾翠摇碧。忽然听到你吟诵的古朴的诗章，思归故里的泪水沾满了衣襟。

【赏析】

杜审言(646？—708？)，字必简，襄阳(今湖北襄阳)人，是杜甫祖父，咸亨元年进士，与李峤、崔融、苏味道并称“文章四友”。其诗清健自然，格律严谨。诗人开头就以“宦游人”的敏感来感叹物候的变化。下面既有浮云环绕生辉的朝霞和大江南北春意盎然的梅柳，又有啼鸣的黄鸟和阳光下碧绿的浮萍，这一切都显得那么恬静富有生机，极富艺术感染力。诗人在结尾与开头互相呼应，点明主题，抒发了自己远在他乡、思乡之切。

春夜别友人

陈子昂

银烛吐清烟，金樽对绮筵[1]。
离堂思琴瑟[2]，别路绕山川。
明月隐高树，长河[3]没晓天[4]。
悠悠洛阳去，此会在何年？

【注释】

〔1〕绮筵：丰盛的宴会。

〔2〕离堂：与朋友饯别的厅堂。

〔3〕长河：银河。

〔4〕没：消失。

【译文】

银色的蜡烛独自吐着青烟，金铸的酒杯默然相对着丰盛的筵席。离堂里我想念你演奏的音乐，别后的道路山高水长、遥远曲折，明月慢慢地下沉在高大的树木后，银河悄悄地消失在清晨的天空里。通往洛阳的路遥远而漫长，不知道在何时才能再相会。

【赏析】

这是一首送别诗，原有二首，这里只选其一。诗开头就描写大家将要分别的场面：在离别的筵席上，大家默默相坐，只有蜡烛独自吐着清烟。随着时间的推移，分别的时刻终于到来，从此一别，不能相见。“悠悠”二字表达出了分别时无可奈何的情绪和内心隐隐的哀愁。此诗沉静中不乏深挚，从容而又不乏体度，从环境氛围和时空各方面层层递进，表达了作者对友人的难分难舍。

送友人

李白

青山横北郭[1]，白水绕东城。
此地一为别，孤蓬万里征[2]。
浮云游子意，落日故人情。
挥手自兹[3]去，萧萧班马鸣[4]。

【注释】

〔1〕北郭：北边的外城。
〔2〕孤蓬：断根的蓬草。另说比喻孤舟。
〔3〕兹：此。
〔4〕班马：离群的马。

【译文】

山峦青翠横卧在城池的北面，河水清澈弯弯绕过东城。我俩今天在此分别，像蓬草一样万里飘零。游子的行踪像浮云飘浮不定，西下的落日是朋友留恋的心情。挥手告别我上了路，马儿萧萧嘶叫难舍难分。

【赏析】

这是一首送别诗，语言流畅自然，言简意深。首联形象地描述了分别时的场景，颔联用孤蓬比喻友人即将开始孤苦漂泊的生活。颈联以浮云游子飘泊四方，以落日比喻自己和友人的相依不舍，末联更为煽情，当两人分别挥手而去时，就连马儿也不忍分别，昂首鸣叫。诗人以各种景物烘托出与友人分别时的难舍难分，全诗用典自然，有极强的艺术魅力。

送友人入蜀

李白

见说蚕丛路[1]，崎岖不易行。
山从人面起，云傍马头生。

芳树笼秦栈[2]，春流绕蜀城。
升沉应已定[3]，不必问君平[4]。

【注释】

〔1〕蚕丛：传说为古蜀开国帝王，代指蜀地。
〔2〕秦栈：从陕西往蜀地的必经栈道。
〔3〕升沉：指官场的得失。
〔4〕君平：汉代严遵，字君平，以卖卜为生。

【译文】

听说蜀地多是羊肠小道，崎岖险峻难以行走。山陡得劈面直竖起，白云飘浮擦过马的头。绿树笼罩着秦时栈道，春水环绕着蜀地古都。人生命运浮沉早已注定，不必找那算命先生问前途。

【赏析】

这首送友人入蜀的别诗写得别开生面，饶有韵味。诗的重点落在“入蜀”二字上，从一开始就极力形容山壁的陡峭和道路之高危难行。颔联“山从”、“云傍”两句，形象地表现了山路的高险，是首联的补充。三联点明题意，描绘了秦栈蜀城的优美景色。最后诗人劝慰友人到成都后不必问卜，要坦然面对多难的人生。全诗笔法变化多端，含义深刻，是别诗中的精品。

次北固山下[1]

王　湾

客路青山外，行舟绿水前。
潮平两岸阔[2]，风正一帆悬[3]。
海日生残夜，江春入旧年[4]。
乡书何处达，归雁洛阳边。

【注释】

〔1〕次：停留，到。北固山：今江苏省镇江市北。

〔2〕潮平：潮水涨平。

〔3〕风正：形容风顺。

〔4〕入旧年：江南春早，年还未过就已有春意。

【译文】

走过青山，小船航行在绿水间。潮水涨来江面更加宽广，顺风扬帆。海上喷出红日驱走夜幕，江上的春天来到送走旧年。家信不知怎样才能送到？请大雁带去我对洛阳亲人的怀念。

【赏析】

王湾，唐洛阳人，玄宗先天元年进士，曾入秘阁校书，官终洛阳尉，颇有诗名，其诗格调高远，遗憾的是作者的作品流传下来的很少。此诗是作者途经江苏北固山时所作，诗开头就描绘了一幅青山绿水、视野开阔的美丽图画。二联既写出了长江的阔大，又是诗人宽广胸怀的写照，是千古名句。夜尽天晓、江南春早，一切在诗人眼里都是那么美妙，虽然结尾寄寓游子之情，却并无伤感之慨。全诗气象高远，意境深邃，是盛唐时期的代表诗作。

苏氏别业

祖　咏

别业居幽处，到来生隐心〔1〕。
南山当户牖〔2〕，沣水映园林〔3〕。
竹覆经冬雪，庭昏未夕阴〔4〕。
寥寥人境外〔5〕，闲坐听春禽。

【注释】

〔1〕隐心：隐居之心。

〔2〕牖：窗户。

〔3〕沣水：水名，源出终南山。

〔4〕未夕阴：将夕未夕时的昏暗。

〔5〕寥寥：稀少的样子。

【译文】

别墅坐落在幽静的环境中，来到这里就叫人想辞官归隐。窗外是秀丽的终南山，沣水映出园林的倒影。翠竹上残留着未化的积雪，庭院未到傍晚就一片凉阴。寂静无人像置身于世外，悠闲独坐听春鸟欢鸣。

【赏析】

祖咏(699－746)，唐洛阳人，玄宗开元十二年进士，其诗多描写山水田园，与王维、孟浩然风格相近，此诗着重描写苏氏园林的幽静，使人产生归隐之心。接着详细描述了园林内外的景色，重新点明“幽”字，使人对苏氏园林有了更深的印象，结尾归结到诗人自己，与开头相呼应，使全诗形成一个整体。全诗意境恬淡，影射出诗人内心的淡泊，是一篇情景交融的佳作。

春宿左省

杜　甫

花隐掖垣暮[1]，啾啾栖鸟过。

星临万户动，月傍九霄多[2]。

不寝听金钥[3]，因风想玉珂[4]。

明朝有封事[5]，数问夜如何。

【注释】

〔1〕掖垣：省院的墙壁。

〔2〕九霄：这里指皇宫。

〔3〕金钥：铜钥匙。这里指开锁的声音。

〔4〕玉珂：马铃。这里指朝臣乘马上朝。

〔5〕封事：大臣向皇帝上奏的书札都用袋封缄，以防泄密。

【译文】

黄昏时分，百花隐没于宫墙内，归巢的鸟儿入林中。群星闪烁照耀着千家万户，明月映照得皇宫气象万千。不能入睡，听得见宫中的开门声；因有风声，想得出早朝时马铃声。明日早朝有封事上奏，一夜之中多次问什么时间。

【赏析】

此诗作于唐肃宗乾元元年，当时诗人任左拾遗。诗开头描写了宫廷夜色：百花隐没，栖鸟还巢，星光闪耀，月光如水，映照得皇宫气象万千。诗人夜不能寐，一直留意着打开宫门的声音，由风吹屋檐的铃铎声而想到百官上朝的马铃声，结尾点明夜不能寐的原因，原来明天自己有封事上奏，至此，诗人恪尽职守、忧国忧民的形象立即凸现出来。

题玄武禅师屋壁

杜　甫

何年顾虎头〔1〕，满壁画沧洲〔2〕。
赤日石林气〔3〕，青天江海流。
锡飞常近鹤〔4〕，杯渡不惊鸥。
似得庐山路，真随惠远游〔5〕。

【注释】

〔1〕顾虎头：指东晋画家顾恺之，小名虎头。

〔2〕沧洲：水滨，这里指壁画。

〔3〕气：云雾。

〔4〕锡：锡杖。

〔5〕惠远：东晋高僧，曾主持庐山东林寺。

【译文】

大画家顾虎头何时来过？满壁全是金光彩照的沧洲图。石林云雾蒸腾被红日照耀，青天白日连接着江海碧流。和尚的锡杖超过道人的白鹤，高僧乘木杯过海不惊动海欧。这图景就像置身于秀丽的庐山，真愿随惠远和尚四海云游。

【赏析】

这是一首题画诗，诗开头就提起东晋著名画家顾恺之，赞美壁画之精妙。接着描写了画中的景物，赤日石林，青天江海，以及壁画中的佛教人物故事，所用典故贴切自然，不着痕迹，毫无堆砌之感。结尾将玄武禅师比喻成惠远，赞扬玄武禅师德行高深。全诗笔法精熟，结构严谨，同时也说明诗人对绘画艺术的鉴赏力极高。

终南山

王 维

太乙[1]近天都[2]，连山到海隅。
白云回望合[3]，青霭入看无[4]。
分野中峰变[5]，阴晴众壑殊。
欲投人处宿，隔水问樵夫。

【注释】

〔1〕太乙：终南山主峰。

〔2〕天都：指长安。

〔3〕回望：四面望去。

〔4〕入看：走近细看。

〔5〕分野：古人将天上星宿与地上对应，分成若干区域，称为分野。

【译文】

大乙峰邻近帝都，绵延的山脉连着海流。身在终南山，回首四望，白云缭绕，连成一片，云霭青烟近看似无似有。中峰分割了天上的星座，阴晴悬殊在众多的山丘。天晚了想找户人家投宿，隔溪询问砍柴的樵夫。

【赏析】

这是一首写景的名诗，诗中有画是这首诗的最大特点。终南山的主峰紧靠长安，又绵亘不断伸展到海边，白云缭绕，云霭似有似无。广袤的终南山区域辽阔，众山谷有晴有阴，呈现出不同的景象。诗人以浓重的笔墨，描绘了朝晖夕阴气象万千的终南诸峰，使人感觉到终南山迷人的风景历历在目。《唐诗别裁》中沈德潜评曰："或谓末二句与通体不配。今玩其语意，见山远而人寡也，非寻常写景可比。"

寄左省杜拾遗

岑　参

联步[1]趋[2]丹陛[3]，分曹[4]限紫微[5]。
晓随天仗入[6]，暮惹御香归[7]。
白发悲花落，青云羡鸟飞。
圣朝无阙事[8]，自觉谏书稀。

【注释】

〔1〕联步：同行。
〔2〕趋：碎步快走。
〔3〕丹陛：宫殿里红色台阶。
〔4〕分曹：分班。
〔5〕限紫微：把自己隶属紫微省，即中书省。
〔6〕天仗：帝王的仪仗。
〔7〕御香：大殿上的香烟。
〔8〕阙事：弊政。

【译文】

你我并肩走在宫殿的红色台阶上，分班排列，我站在中书省一旁。清晨入朝随着天子的仪仗，傍晚归家染着御炉的馨香。白发暮年悲叹花儿凋落，鸟儿高飞直上青云令人羡仰。君主圣明没有缺点和过失，自然就会减少讽劝的谏书。

【赏析】

唐肃宗时，岑参与杜甫曾同任谏官之职，一为补阙，一为拾遗，二人经常吟诗唱和，此诗就是在肃宗至德三年所作。诗的前半部颇为细致地叙述自己与杜甫联步上朝的情景，下半部则借白发感叹壮志难酬，自己身为谏官却无阙可补，无事可谏，暗中寄寓了诗人对肃宗自诩圣明的失望，全诗委婉有致，耐人寻味。

登总持阁

岑　参

高阁逼诸天，登临近日边。
晴开万井树[1]，愁看五陵烟[2]。
槛外低秦岭，窗中小渭川[3]。
早知清净理[4]，常愿奉金仙[5]。

【注释】

〔1〕井：井田。此处泛指田宅、乡间。

〔2〕五陵：长安西北的汉代五陵。

〔3〕渭川：即渭河。

〔4〕清净理：参禅修行之理。

〔5〕金仙：这里指佛。

【译文】

高耸的楼阁直插云天，登临阁顶已靠日头边。晴空下极目远看万家井树，五陵云烟使人悲愁无限。逶迤的秦岭就在门槛外面，细长的渭水畅流推窗可见。早知清静修道是如此畅快，愿当和尚永远侍奉佛仙。

【赏析】

此诗开篇便极力描写总持阁的高，似乎接于云天，近于太阳。接着写登临总持阁后极目所见，八百里秦川、五陵烟霭都历历在目，秦岭低于门槛，渭水小于窗牖，这都是说明总持阁之高，最后诗人受到总持阁的启发，悟出高深的佛理。全诗气势雄伟不凡，由景生情，笔法老到，显示出诗人精湛的艺术功力。

登兖州城楼

杜　甫

东郡[1]趋庭日[2]，南楼纵目初。
浮云连海[3]岱[4]，平野入青徐[5]。
孤嶂秦碑在，荒城鲁殿余[6]。
从来多古意[7]，临眺独踌躇[8]。

【注释】

〔1〕东郡：即兖州。
〔2〕趋庭：本指承受父教，这里指看望父母。
〔3〕海：东海。
〔4〕岱：泰。
〔5〕青徐：青州、徐州。
〔6〕鲁殿：即灵光殿，建于汉代，在今东曲阜县。
〔7〕古意：伤古之意。
〔8〕临眺：临高远眺。

【译文】

我到兖州看望父母期间，初次登上南楼放眼远望。无尽的浮云与东海和泰山相连，辽阔无垠的绿色原野一直伸展到青州和徐州。秦始皇的石碑还留在孤高的泰山上，灵光殿的残迹尚存在荒芜的城中。我向来容易感时伤古，登高远眺自然有无限感慨在心头。

【赏析】

唐开元二十五年，杜甫举进士下第后，到兖州看望身为兖州司马的父亲杜闲，这首诗就是他在兖州城楼上所作。诗人以精到的笔法，细致地描绘了登楼后所见的景物，东海、泰山、青、徐二州，气象开阔，绵延千里，又有秦碑鲁殿，千年的历史令人感慨万千。诗人面对这一切，情绪伤感，无限惆怅。诗中情景交融，对仗精整，是其早期力作。

送杜少府之任蜀州

王　勃

城阙[1]辅[2]三秦[3]，风烟[4]望五津[5]。
与君离别意，同是宦游人。
海内存知己，天涯若比邻。
无为在歧路[6]，儿女共沾巾。

【注释】

〔1〕城阙：这里指长安。
〔2〕辅：护卫。
〔3〕三秦：指长安附近的关中地区。
〔4〕风烟：指美好的自然影象。
〔5〕五津：五个津渡，这里代指四川。
〔6〕歧路：岔路，这里指分别之处。

【译文】

三秦大地护卫着长安城，四川被秀丽的自然风光笼罩。与你道别时情意缠绵难舍难分，咱们同是宦海浮沉的友人。普天下到处是知己朋友，远隔天涯却近如咫尺。没有必要在分别时，像妇孺一样依依不舍、泪洒衣巾。

【赏析】

王勃(649－676)，字子安，绛州龙门(今山西河津县)人，“初唐四杰”之一，历任虢州参军，不久被革职，其父受连，被贬为交趾令。这是一首著名的赠别诗。诗开头借景抒情，对仗工整。颔联对应，自然灵活，表达了诗人与友人的难舍难分，抒发了同为宦游人的感触。颈联既是豪放语，又是对友人的劝慰，豪迈奔放，积极乐观给人以极大鼓舞，千百年来脍炙人口。尾联是对友人殷切的叮咛，诗人与友人的深厚情谊跃然纸上。全诗情深意长，境界开朗，是历代传诵的名作。

送崔融

杜审言

君王行〔1〕出将〔2〕，书记远从征〔3〕。
祖帐连河阙〔4〕，军麾动洛城〔5〕。
旌旗朝朔气〔6〕，笳吹夜边声。
坐觉烟尘扫〔7〕，秋风右北平〔8〕。

【注释】

〔1〕行：出发。
〔2〕出将：派将领出征。
〔3〕书记：指崔融。
〔4〕祖帐：饯行的帐幕。
〔5〕麾：旗帜。
〔6〕朔气：北方的寒气。
〔7〕烟尘：比喻战争。
〔8〕北平：郡名。这里泛指北方边地。

【译文】

皇帝命将出征，身为书记的你也要随军远征。饯行的帐幕，一直从宫阙蜿蜒至洛河，军旗浩荡震动了洛阳城。清晨，大军迎着凛冽的寒风前进；夜晚，边塞中只能听到军号声声。坐着的工夫，便觉得战争已经结束，秋风从北方送来卫边胜利的消息。

【赏析】

唐万岁通天元年，李尽忠反叛，武则天诏梁王武三思率军御敌，临行，在洛阳城北设筵饯行，当时崔融以节度使掌书记身份随军出征，诗人就写了此诗为其送行。此诗集中笔墨描绘军事行动，气象颇为壮观：饯行的帐幕一直连到黄河边上，无数军旗摇撼，连洛阳城都惊动了。诗人在后边联想到军队到达北方边境，所向披靡，战无不胜，流露出对友人的称颂。全诗前后呼应，联想丰富，在别诗中独具一格。

扈从登封途中作

宋之问

帐殿[1]郁崔嵬[2]，仙游实壮哉[3]！
晓云连幕卷，夜火杂星回[4]。
谷暗千旗出[5]，山鸣万乘来[6]。
扈游良可赋，终乏掞天才[7]。

【注释】

〔1〕帐殿：用帐篷围成的宫殿。

〔2〕崔嵬：高大貌。

〔3〕仙游：指皇帝出巡。

〔4〕夜火：夜中的灯火。

〔5〕谷暗：形容山谷幽深。

〔6〕山鸣：《史记》载：汉武帝登嵩山，山中有鸣叫声，如三呼“万岁”。

〔7〕天才：指歌功颂德的文才。

【译文】

用锦帐围成的宫殿坐落在郁郁葱葱的高山上，皇帝出巡实在雄伟壮观啊！早晨的彩云和帐幕相连随风飘动，夜晚的繁星和灯火夹杂闪烁不定。幽深的山谷涌出千杆旗帜，车驾隆隆震响，在巍峨的群山间回荡着。侍从皇帝出游真应该作赋颂扬，我终因缺少天赋的文才而备感惭愧。

【赏析】

宋之问(656－712)，字延清，一字少连，汾州(今山西汾阳县)人，唐上元二年进士，与沈佺期齐名，并称“沈宋”。宋之问有诗名，但人格卑下，喜好趋炎附势。这首诗写于天册万岁二年，是描述武则天登封嵩山时的情景。首联极言皇帝出巡气势的壮观。二、三联笔法生动，气象开阔，颇能展现当时风貌。结尾自谦缺乏掞天之才，结构完整，诗意浓浓。

题义公禅屋

孟浩然

义公习禅寂[1]，结宇依空林[2]。
户外一峰秀，阶前众壑深[3]。
夕阳连雨足[4]，空翠落庭阴[5]。
看取莲花净[6]，方知不染心。

【注释】

〔1〕禅寂：指绝虚灭思。

〔2〕结宇：建舍。

〔3〕壑：山谷。

〔4〕雨足：雨下得够了。

〔5〕空翠：树木明净的绿色。

〔6〕莲花净：佛教中莲花是清净高洁的象征。

【译文】

义公绝虑灭思地学习佛经，建成的庙宇紧靠着僻静的树林。庙门外一座秀丽的山峰傲然挺立，台阶前众多的山谷深不见底。一场大雨后夕阳绽现，树木明净的绿色映落在幽暗的庭院。看到庭院池水中的莲花那般洁净，才知道义公像莲花般一尘不染。

【赏析】

唐代佛教盛行，诗人与僧人交往颇多，因此有许多题赠寺院的名作，像此诗即是。诗中以"寂"、"空"两字，细致地描绘了禅房四周的景色，以此衬托出义公潜心修禅、远离尘世的清净之心。三、四联描写山中夏日的景象，峰秀壑深，夕阳雨足，树木明净。最后点题，赞扬义公心如莲花净，不染俗世尘。此诗构思巧妙，静中有动，诗风清新自然。

醉后赠张九旭

高　适

世上漫相识[1]，此翁殊不然[2]。
兴来书自圣[3]，醉后语尤颠[4]。
白发老闲事，青云在目前[5]。
床头一壶酒，能更几回眠[6]？

【注释】

〔1〕漫：散漫，随便。

〔2〕此翁：指张旭。

〔3〕圣：达到圣境，形容书法高妙。

〔4〕颠：颠狂。张有“张颠”之称。

〔5〕青云：指玄宗召张旭为书学博士，直上青云。

〔6〕能更：能有。

【译文】

世上的人都能随便结交朋友，唯独这位老人与众不同。兴致来时信笔挥毫书法高妙，喝醉之后神志不清说话颠狂。白发苍苍后更以悠闲自乐为事，现在你已直上青云。床头仍摆着一壶酒，今后能有几回醉了就睡呢？

【赏析】

张旭是唐代草书大家，与怀素并称“颠张醉素”，其草书笔走龙蛇，奔雷电掣，代表作有《古诗四帖》。诗人在诗中对张旭的书品和人品作了生动的描述，开头就赞许张旭的真诚，并以此为脉络，概述了张旭不为名利所动、不与世人滥交的高尚品格。杜甫也曾在《饮中八仙歌》一诗中说：“张旭三杯草圣传，脱帽露顶王公前，挥毫落纸如云烟。”此诗表现的也正是这种情趣。

玉台观

杜甫

浩劫因王造[1]，平台访古游。
彩云萧史驻[2]，文字鲁恭留[3]。
宫阙通群帝[4]，乾坤到十洲[5]。
人传有笙鹤[6]，时过北山头。

【注释】

〔1〕浩劫：佛教语，宫殿的阶基。王：指滕王李元婴。

〔2〕彩云：指宫观壁画中的彩云。萧史：传为秦穆公时人，善吹箫。

〔3〕鲁恭：鲁恭王，汉景帝之子。

〔4〕群帝：道教诸天群帝。

〔5〕十洲：泛指五湖四海。

〔6〕笙鹤：笙声鹤鸣。

【译文】

玉台观是滕王所建造，我有幸登上平台访古游览。那彩云莫非是萧史踩过的，这碑文像鲁恭王亲手刻修。巍峨的宫殿迎来天仙玉帝，大到能容纳天地直通八海十洲。人们传说有吹笙骑鹤的仙人，时常降临在道观北面的山头。

【赏析】

这是一首描述景物的诗。因玉台观是道观，所以诗人在诗中多用历史典故和道教神仙传说，其中引述了七则典故，从各方面来描述玉台观的特色，杜诗中这种写法很少见。

观李固请司马弟山水图

杜甫

方丈浑连水[1]，天台总映云[2]。
人间长见画，老去恨空闻[3]。

范蠡舟偏小[4]，王乔鹤不群[5]。
此生随万物。何处出尘氛。

【注释】

〔1〕方丈：传说的海外三座神山之一。

〔2〕天台：即浙江天台山。

〔3〕老去：指自己人已老。

〔4〕范蠡：春秋越国佐臣，后弃官泛舟而去。

〔5〕王乔：王子乔，传说他乘鹤飞升而去。

【译文】

茫茫的海水环绕着方丈仙山，霭霭的云雾掩映着天台山。这样的仙境在画中经常看到，而我人已老迈了却只空闻其名。范蠡的扁舟太轻小，王乔的白鹤太单薄。我的一生只能随着万物来沉浮了，到哪才能逃离这凡尘俗世呢？

【赏析】

这是一首题画诗。诗开头描写画中的景物：水绕仙山，云绕天台，这种仙境有许多人都曾画过，接着感叹自己已到迟暮之年，还未曾去过。下半部抒情：扁舟轻荡，孤鹤啼鸣，看来此生要顺随万物，不能逃离俗世了。此诗极力赞美画中的神仙世界，曲折地表达了诗人对现实的不满，幽怨满纸。

旅夜书怀

杜甫

细草微风岸[1]，危[2]樯独夜舟[3]。
星垂平野阔[4]，月涌大江流[5]。
名岂文章著[6]，官应老病休[7]。
飘飘何所似？天地一沙鸥。

【注释】

〔1〕岸：江岸。

〔2〕危：形容高。

〔3〕樯：桅杆。

〔4〕垂：挂着。

〔5〕涌：涌起，升起。

〔6〕著：著称。

〔7〕休：退下。

【译文】

小草在微风中轻轻地摇摆，夜泊岸边的孤舟高耸着桅杆。辽阔的原野上闪烁着稀疏的星斗，明月的银辉照耀着奔流的江水。我是因为会写文章才出名的吗，解官撤职是因为我年老多病。到处漂泊的我像什么？就像只沙鸥鹤立天地间。

【赏析】

唐代宗永泰元年五月，杜甫受人排挤，被迫辞去工部员外郎之职，携家属离开成都，经过渝州、忠州，九月才到达云安(今四川云阳县)。此诗是在旅途舟中所作。诗的前半部写景，后半部抒情，写得虚实相生，情景交融，鲜明生动，阔大高远。其中“星垂平野阔，月涌大江流”、“飘飘何所似，天地一沙鸥”更是妇孺皆知的名句。

登岳阳楼

杜　甫

昔闻洞庭水，今上岳阳楼。
吴楚东南坼〔1〕，乾坤日夜浮。
亲朋无一字，老病有孤舟。
戎马关山北〔2〕，凭轩涕泗流〔3〕。

【注释】

〔1〕坼：裂开，分开。

〔2〕戎马：这里指战争。

〔3〕轩：窗。

【译文】

从前就听说洞庭湖辽阔，今天才有幸登上岳阳楼览洞庭美景。吴楚两地从这里东南分割，天地好像在湖水中日夜沉浮。亲戚朋友杳无音讯，我年老多病仅随一叶孤舟。国家多难，西北战事频传，想到这些凭栏眺望忍不住涕泪横流。

【赏析】

唐代宗大历三年冬，杜甫从公安到岳阳，登楼远眺，触景生情，写下了这首千古名作。这首诗悲慨中不乏雄伟壮阔的意境，是历代传诵的写洞庭湖的名作之一。诗人以其深厚的笔墨功力，高度概括了洞庭湖上烟波浩渺的开阔景象。下半部抒发了自己辛苦奔波、报国无门的忧思。全诗结构严谨，感人至深。《唐子西语录》评此诗："过岳阳楼，观子美诗不过四十字耳。气象闳放，涵蓄深远，殆与洞庭争雄，所谓富哉言者乎！"

江南旅情

祖　咏

楚山不可极，归路但萧条〔1〕。
海色晴看雨〔2〕，江声夜听潮。
剑留南斗近〔3〕，书寄北风遥〔4〕。
为报空潭橘〔5〕，无媒寄洛桥〔6〕。

【注释】

〔1〕但：只。

〔2〕晴看雨：从雾气中看，虽然是晴天，也像细雨迷蒙。

〔3〕剑留南斗：传说吴时在丰城下埋着太阿、龙泉两柄宝剑，宝身射紫光，直冲牛、斗二星之间。因为南斗在吴地上空，所以把它比喻吴地。

〔4〕书：书信。

〔5〕潭橘：昭潭附近所产之橘。

〔6〕洛桥：洛水上的浮桥，这里代指洛阳。

【译文】

连绵的楚山望不到尽头，蜿蜒的归路萧条荒疏。海色晴朗却要下雨，夜听涛声知是涨潮的时候。如今我逗留在这远方的吴地，路途遥远，寄信回家分外困难。向家人报道南方橘已成熟，可惜没有信使捎信给洛阳亲人使我生愁。

【赏析】

这是诗人在外的思乡之作。诗的开头就叙述诗人欲归又不能的苦闷心情。楚山都看见了，更何况回家的路呢？无奈这思乡之情无法排遣，所以虽然看到海上云霞，听到江中夜潮，也并不觉得新奇，反而更加思念家乡。全诗语言清新自然，情景交融，但调子太低。

宿龙兴寺

綦毋潜

香刹夜忘归，松清古殿扉[1]。
灯明方丈室，珠系比丘衣。
白日传心净，青莲喻法微[2]。
天花落不尽，处处鸟衔飞。

【注释】

〔1〕扉：门。

〔2〕微：精深微妙。

【译文】

到佛寺来夜间忘了回归，松树的青枝微拂着古殿的门扉。灯火通明映照着方丈的净室，一串串佛珠悬垂在僧人的颈上。心地洁净如白日般明亮，青莲比喻宣讲佛法玄妙入微，引得天花纷纷飘落，鸟儿衔着四处飞。

【赏析】

綦毋潜(692－749)，字孝通，虔州(今江西赣州市)人，唐开元年间进士，任右拾遗，官终著作郎。所作之诗多山林物外之情，风格清新，恬淡自然。此诗是作者春游龙兴寺时所作。诗人看到古殿门上的松影，四周环境清幽，乐而忘返，遂借宿寺中，晚上跟随僧人做晚课，领略佛法之精微。结尾展开想象，使全诗灵动隽秀，思想丰富。

题破山寺后禅院

常　建

清晨入古寺，初日照高林〔1〕。
曲径通幽处，禅房花木深。
山光悦鸟性〔2〕，潭影空人心〔3〕。
万籁此俱寂〔4〕，唯闻钟磬音〔5〕。

【注释】

〔1〕初日：刚升起的太阳。
〔2〕悦：欢快，活泼。
〔3〕空人心：消除人的俗念。
〔4〕籁：自然界的声响。
〔5〕钟、磬：法器。

【译文】

清晨信步走进古寺，朝阳照耀着高山密林。弯弯的小路通向幽深之处，禅房掩映在绿荫花草之中。山光明媚引来鸟儿欢唱，潭水碧澄犹如佛心清净。整个世界此时悄然无声，只听见僧人作息的钟声。

【赏析】

常建，长安(今陕西西安市)人，唐开元十五年进士，一生仕途颇不得意，只好寄情山水之间，其诗风格恬淡清幽。此诗全系白描手法，无抒情之句而情自在其中。欧阳修曾说：“吾常爱其‘曲径通幽处，禅房花木深’，欲效其语作一联久不得，始知造意者为精工也。”无意于佳乃佳、自然天成是评价此诗的最好词句。

题松汀驿

张　祜

山色远含空[1]，苍茫泽国东[2]。
海明先见日，江白迥闻风[3]。
鸟道高原去，人烟小径通。
那知旧遗逸[4]，不在五湖中[5]。

【注释】

〔1〕含空：涵盖天空。

〔2〕泽国：指沼泽地。

〔3〕迥：远。

〔4〕遗逸：隐居之人。

〔5〕五湖：指太湖。

【译文】

巍峨的青山与天空相融，水光接天的沼泽烟雾迷茫。浩瀚的湖水变亮就看到了初升的旭日，江上掀起白浪便能听到从远处刮来的风声。高原上飞鸟盘旋而去，小路相连通向各处人家。哪里知道隐居之人，早已不在太湖中。

【赏析】

张祜，字承吉，唐清河(今河北清河县)人，初居苏州，后到长安，受元稹排挤，一生布衣而终，有《张处士诗集》传世。这是作者离开长安之后访友不遇的作品。开头四句对吴地的风土景物进行高度概括：山色涵空、泽国苍茫，海日江风，一望无际。高原上飞鸟盘旋，小路中炊烟袅袅，静寂中蕴含着勃勃生机。诗人在结尾以浓重的笔触，描述自己对友人的无限思念。

圣果寺

释处默

路自中峰上，盘回出薜萝[1]。
到江吴地尽[2]，隔岸越山多。
古木丛青霭[3]，遥天浸白波。
下方城郭近[4]，钟磬杂笙歌。

【注释】

〔1〕薜萝：藤萝植物。

〔2〕江：指钱塘江。

〔3〕青霭：形容古木青翠的样子。

〔4〕城郭：即杭州城。

【译文】

凤凰山中峰的小路通往圣果寺，盘旋曲折的小路布满了藤萝。到了钱塘江边才知道吴地也到了尽头，对岸是山峦起伏的越地。青葱深翠的古木笼罩在烟雾之中，遥远的天边好像浸入到白色的波浪里。山下的杭州城尽收眼底，寺中的钟磬声与笙箫声交相混杂。

【赏析】

释处默，唐末诗僧，曾居住庐山，经常与贯休、罗隐等人交往。诗中运用白描手法，将圣果寺四周的景色按由远到近的顺序做了生动地描述：小路通向凤凰山上的圣果寺，山下的钱塘江分隔着吴越两地；满山的古木郁郁葱葱，远处水天一色，寺中悦耳的钟磬之音与山下杭州城的笙歌交相挥应。诗人本是僧人，他笔下的寺庙，自然别有韵味。

野望

王　绩

东皋薄暮望[1]，徙倚欲何依[2]？
树树皆秋色，山山唯落晖。

牧人驱犊返，猎马带禽归。
相顾无相识，长歌怀采薇[3]。

【注释】

〔1〕东皋：作者隐居地。

〔2〕徙倚：徘徊不定。

〔3〕采薇：薇是草本植物，叶可食。此指周朝隐居首阳山靠采薇度日，不食周粟的伯夷、叔齐。

【译文】

傍晚在东皋原野上眺望，颠沛流离了无依靠。所有的树林都镀上了金黄的秋色，座座山峰全沐浴着落日的残光。牧人赶着吃饱的牛群回到村里，猎人胜利归来猎物挂在马背上。顾盼过路的行人没有一个与我相识，吟唱悲歌怀念那采薇的兄弟俩。

【赏析】

王绩(585－644)，字无功，号东皋子，绛州龙门(今山西河津县)人。作者一生郁郁不得志，曾在隋代任秘书省正字，初唐时，以原官待召门下省，后弃官隐居于故乡东皋村。这首诗就是他隐居之后所写，诗中通过对东皋景物的描写，表达了自己彷徨无依的情绪。中间部分描绘出一幅有人有景的山村水墨图，最后转而抒情，表明作者长期隐居的决心。

送别崔著作东征

陈子昂

金天方肃杀[1]，白露[2]始专征[3]。
王师非乐战，之子[4]慎佳兵[5]。
海气侵南部[6]，边风扫北平。
莫卖卢龙塞[7]，归邀麒阁名[8]。

【注释】

〔1〕金天：秋天。

〔2〕白露：节气名，在农历九月八日左右。

〔3〕专征：将帅受帝王之命全权指挥军队。

〔4〕之子：指将帅。

〔5〕佳兵：指用兵。

〔6〕南部：南部边陲。

〔7〕卢龙塞：在今河北喜峰口。

〔8〕麟阁：麒麟阁。

【译文】

深秋时节秋风萧瑟、草木枯落，白露这天皇帝任命大将出征。唐朝的军队并不是好战，将帅要谨慎地用兵。敌人气焰嚣张地侵犯南部边陲，我军应该扫平北方边界。不要受贿纵敌，回来后弄虚作假、邀功请赏。

【赏析】

秋风萧瑟，白露为霜，此时朝廷正好出兵征战。诗人在诗中反复叮咛崔融，王师东征不能滥杀无辜，用兵一定要小心谨慎，同时谆谆告诫不要失了国土还要回来邀功请赏。语言虽然尖锐，但表明了作者对当时恶劣风气的不满和对国家负责的态度。诗中既有军事建议，又有品德上的规劝，一片肺腑之言，无做作之态，情真意切。

携妓纳凉晚际遇雨（其一）

杜　甫

落日放船好〔1〕，轻风生浪迟〔2〕。
竹深留客处，荷净纳凉时。
公子调冰水〔3〕，佳人雪藕丝〔4〕。
片云头上黑，应是雨催诗。

【注释】

〔1〕放船好：即好放船。

〔2〕生浪迟：水面产生细小波纹。

〔3〕调冰水：用冰调冷水。

〔4〕雪：作动词用，擦试。

【译文】

夕阳西下正是登船游玩的好时候，轻风扑面水面生起层层细浪。长满竹林的岸边是幽深留客的好地方，荷花丛中，白雾缭香正适合纳凉。公子们用冰调制冷水来解暑，歌妓们端上切成细丝的白藕。忽然一大片乌云遮在头上，应该是雨催促我的诗兴大发。

携妓纳凉晚际遇雨 （其二）

杜　甫

雨来沾席上，风急打船头。
越女红裙湿，燕姬翠黛愁[1]。
缆侵堤柳系[2]，幔卷浪花浮[3]。
归路翻萧飒[4]，陂塘五月秋。

【注释】

〔1〕翠黛：指美女的眉毛。

〔2〕缆：缆绳。

〔3〕幔：船上的布幔。

〔4〕萧飒：这里形容情绪低落。

【译文】

骤雨不停地降下浸湿了座席，暴风掀起波浪不断地拍打船头。越地的歌妓淋湿了红裙，燕地的歌妓愁眉不展。游船靠岸缆绳系在柳树上，布幔翻卷着在波浪中不断漂浮。归途中众人情绪低落，夏天的丈八沟让人感觉像秋天。

【赏析】

这两首诗是同时所写，其中内容紧密衔接，记述的是同一件事。“其一”写的是雨前纳凉游玩的场景，交代了时间、地点、人物，最后一句引出第二首诗的内容。“其二”写的是雨后归去时的情景，雨来得正急，大家狼狈不堪，妓女们也愁眉苦

脸。最后一句反险为平，使前面发生的故事有了完整的结尾。诗人陪着各位贵公子出外宴游，遇雨后作此诗，隐约地透露出诗人早已看到盛唐末期的种种弊端。

宿云门寺阁

孙　逖

香阁东山下，烟花象外幽[1]。
悬灯千嶂[2]夕[3]，卷幔五湖秋[4]。
画壁余鸿雁[5]，纱窗宿斗牛[6]。
更疑天路近，梦与白云游。

【注释】

〔1〕象外：景物之外。
〔2〕千嶂：群山。
〔3〕夕：夜晚。
〔4〕五湖：泛指。
〔5〕余：剩下。
〔6〕斗牛：斗宿和牛宿，均属二十八星宿之一。

【译文】

东山脚下有座云门寺，云雾缭绕绿草繁花幽静得像世外仙境。夜晚挂起明灯群山更显昏暗，山风吹卷帐幔五湖已到秋天。庙内壁画剩下飞鸣的鸿雁，躺在阁中窗下像与牛斗两星为伴。让我怀疑离上天的路很近，梦中与白云在一起飘荡。

【赏析】

此诗是诗人夜宿云门寺时有感而作。高高的云门寺中刚点上灯火，层峦叠嶂的群山便隐溺进茫茫夜色之中，屋外送来阵阵五湖秋风。画壁脱落，只剩下点点群雁，牛斗二宿也似乎就在窗前寄宿。由此作者产生联想，今晚与天这么近，梦中一定是与白云一块儿游玩吧！全诗结构巧妙，丝丝入扣，反映出此诗严谨而又浪漫的特点，也流露出作者超然世外的思想。

秋登宣城谢朓北楼

李　白

江城如画里，山晚望晴空。
两水夹明镜〔1〕，双桥落彩虹〔2〕。
人烟寒橘柚〔3〕，秋色老梧桐。
谁念北楼上〔4〕，临风怀谢公〔5〕。

【注释】

〔1〕两水：指绕城的宛溪和句溪。

〔2〕双桥：指溪上的凤桥和济川桥。

〔3〕人烟：这里指村落。

〔4〕念：怀念，思虑。

〔5〕谢公：指谢朓。

【译文】

美丽的江城像在图画里，傍晚在山间眺望万里晴空。两条河水夹城奔流清澈如镜，一对拱桥像天上落下的彩虹。炊烟中经霜的柑柚已成熟，秋景里梧桐老去枯叶凋零。有谁知道我独在这北楼上，迎着秋风深深地怀念谢公。

【赏析】

李白在长安弃官而去后，于天宝十三年秋天再次来到宣城，在北楼上写下这首诗。全诗生动地刻画了宣城秋天的美丽景色，既有明镜般的宛溪和句溪，又有彩虹似的凤凰桥和济川桥，既有炊烟橘柚，又有老树梧桐，画面内容十分丰富。最后才点题，表达了自己对太守谢朓的怀念之情。全诗不仅有画，而且还有情，是一首脍炙人口的名篇。